U0047060

LOCUS

LOCUS

LOCUS

LOCUS

在時間裡，散步

walk

walk 005　甜美的剎那

作者　柯裕棻
責任編輯　陳郁馨
法律顧問　全理法律事務所董安丹律師

出版者　大塊文化出版股份有限公司
台北市105南京東路四段25號11樓
www.locuspublishing.com
電話　02.8712.3898
傳真　02.8712.3897
信箱　locus@locuspublishing.com
服務專線　0800.006.689

郵撥帳號　18955675
戶名　大塊文化出版股份有限公司

總經銷　大和書報圖書股份有限公司
地址　新北市新莊區五工五路二號
電話　02.8990.2588
傳真　02.2290.1658

初版一刷　2007年11月
初版九刷　2016年3月

定價　NT$250
ISBN　978-986-213-021-6

河裕棻

——甜美的剎那

紀念一種孤寂・序——〇〇九
秋風狐狸——〇一五
在下雪之前——〇二一
躲雨——〇二六
霜夜——〇三二
春陰等待——〇四〇
冬日遊牧——〇四五
迷途——〇五八
溝渠明月——〇六四
身分——〇七四
摩登時代——〇八三
無關電影的回憶——〇九一
蛤蜊的氣味——〇九四

在客廳睡著——一〇二
完滿的原則——一〇七
裸露的腳——一一四
反面的時光——一二二
光影迴路——一二七
搬家——一三二
愛症患者——一四〇
夏日將盡——一四六
秋後上山——一五〇
微涼的早晨——一五四
夜晚的溫度——一五八
失眠城市——一六一
閑花——一六五

雨季——一六八
一閃而過的念頭——一七一
野草——一七四
行走的意外——一七八
山居——一八二
短巷子——一八五
午後的陽光——一八八
失眠的秋日晨光——一九一
午安憂鬱——一九七
甜美的剎那——二一三
在少女的花影下——二二〇
無事靜坐——二二七

紀念一種孤寂——序

六月的時候，常常整個下午都陰著，然後在黃昏時下一點兒雨。

這一天，我整個下午躺在床上看一本清朝人寫的台灣遊記，悶極了，睡睡醒醒的。正巧也讀見這古人連篇抱怨台灣的梅雨多麼惱人，他的宦途多麼不順，改應試卷多麼厭煩。古今對映，陷入了時空的迴路，像是讀著自己的百年牢騷。

因而整天都覺得很不真實。恍恍惚惚想了很多。

以前算數學的時候，有一種題的答案是「無解」。我非常討厭這種題目，我總是一再看它們，心想為什麼世界上會有這種題目，都已經出現了問題，卻沒有答案，而且還不是文學或是歷史那種狀況混亂條件複雜的無解，而是這樣明明白白的，無解。一點解釋和說法都沒有，我只能接受它。這種問題感覺上很惡意，它的存在讓人知道何謂極限。我惱恨這種題目。

我又想起，我非常喜歡質數。（是的，我還記得這種名稱。）它自己獨自存在，它裡面除了自己和一之外不包含其他數字。它和其他數目字都無關，沒有人除得盡它。大家都拿它沒辦法。它可以完成別的數字，但其他數字無法參與它的完成。

我喜愛這種數字的感覺。我覺得我是一個質數。它感覺完整而厚實。它感覺很孤單可是又無所謂。

算數學可以胡亂想這樣多，數學怎麼會好呢？又，其他的人生無解題，又怎能不多想？

一放假我就恢復蝸居讀書的狀態，多年來已經習慣了。但是這一次隱隱覺得有點奇特，這是我第一次從另一種角度觀察我這種習性，我忽然很不解，之前的我以這種方式過每一天，這樣多年，竟然絲毫不覺得它會改變或可以改變，我曾經一度以為，我會這樣靜靜地，無聲無息地過一輩子。

大雨的下午躺在床上看書的時候，想起從前這樣度過的每一天，像是別人的生活，現在我從另一種角度看它，隱隱覺得自己是回不去了。

然後我突然明白，人生的改變其實也就是一個事件的醞釀和迸發，它可以在極短的時間之內就改變了一切。這就是歷史的轉折吧，我想。是一種化學。所有的可能性在這段時間之內，有一些起了作用，另一些被放棄了，或失效了，然後方向和風景就變了，那途徑就再也不一樣了。

我想起之前我還那樣天真地以為，只要我願意，我隨時可以輕易地回頭，重拾慣有的軌跡並且毫無疑問地繼續安靜下去，這天下午我忽然明白，即使以後還會這樣靜靜地讀書，想事情，寫東西，可是那寂靜無聲的狀態也將迥異於以往。

有一絲什麼牽動了這微妙的均衡，使得這種安靜總是搖搖欲墜。獨處的心情和安靜的時光因而有了別的意義，我並不特別明白這意義是什麼，現在也找不出恰當的語言描述它，勉強說起來，大概是，這樣的獨處和安靜不再有以往那種與世無涉的感覺。

水流如激箭，人世若浮萍。

真奇怪，幻滅過那麼多次，我竟然現在才明白這一點。

我寫散文喜歡虛構，我總是真真假假地寫，只有情緒是真實的，為了寫那情緒，乾坤挪移也無妨。虛構的文章像是一串空符徵，從人生的某一個稍縱即逝的點指向無法言明之處。我讓它們以這樣的狀態出現，我喜歡這種朦朧難辨的虛實，我喜歡將那些說不清的感覺藏匿在真假交織的事件裡。我知道它們異常地漂移和浮動，因為它們沒有明確的指涉對象，它們始終是一種情緒。

寫這些文章的歲月裡我覺得自己與世無涉。這段時間極長，我自以為寫了不少，現在看起來，又覺得我的話實在不多。寫作一事有幾種特殊的矛盾，儘管它的行為是溝通，但是它的過程卻需要獨處。另一種矛盾內涵在於，它總是與逝去的時間和事件有關，它必然已然逝去。此刻一邊寫著，時間一邊就過去了，一切如流水，被寫的總是已然逝去之物，寫者亦如是。回頭修這些舊文字，看見以往的心境和狀態，無法改變或是忘卻，只能修飾或刪除。儘管如此，那修飾與刪除也成為過去。這是消逝者的重返，也是消逝的確認，確認了被寫的和寫的皆不復在。這是寫作的矛盾。

可是，我現在看它們，我讀著，一字一句都落實地指向此刻。甜美的或是失落的，都像此時的心情。

我像是從早有預感的過去向著未來的此時此刻寫文章。過去悵然若失的那些片刻，像是為了現在下一則很長很長的注解。那些空符徵，從時間那一端，遠遠地，拖曳了極蜿蜒的軌跡，明確指涉並且描繪了現在，非常切身寫實，非常。我像是從很久以前就開始談一個戀愛似的，從很久以前就開始想念還不存在的現在，想著，寫著，牽掛著，慢慢靠近，從遠處，遠遠地過來了。

或者，以我熟悉的理論辭彙來說，這個寫作過程具有線性史觀那種決定性的強行解釋，它在時間的向度裡蔓延，是一種目的論，它將一切可能的因素都轉化並且涵括進它的解釋範疇裡來了。一切看起來天經地義，應然且已然如此，別無它法。

我記得，這些散文有一些是真實生活經驗的拼貼，有一些則為了隱匿而摻雜了虛構的成分，也有些是完全虛構的。日子一久，我也忘了哪些段落如實，哪些是虛妄。

如今看起來，都可以是真的。當然也有幾篇非常誠實，誠實得讓我無法更動一字，也不知應否發表。左思右想，乾脆全收進來，不為賦新詞，而是作為一種紀念。

二〇〇七——夏末

秋風狐狸

入秋以來下了兩場粉飾太平的小雪，隔夜就謊言般不著痕跡地融了，雪後依舊晴日靜美，滿城楓葉灼灼，秋葉睜著狐狸的眼，亮晶晶的好像什麼都沒發生過。

我住的樓太高，不拘晴雨四季都是與世無爭的靜，幽窗棋罷的涼。窗外徘徊的只有風和日影，遠遠的彷彿可以看見風的浩浩來處，碧清清像太初的光。

偶爾從湖的那一端，沿著群樹枝椏攀緣而來淺淺的霧氣，瀰漫簷下如清夢。陽台下望盡是人家的後院、屋頂和樹梢，總是悄無人煙（一切的峰頂是寂靜）。教堂一天敲三次鐘。早餐喝咖啡吃麵包。鳥群唱孤單的歌。三株白樺兩落梧桐，每棵樹站著一個安分守己的靈魂。

有時又實在靜，絕對沒有風，四處都沒有。外面的橡樹連眉頭也不皺一下（樹尖沒有一絲嘆息）。宇宙清寂，秋山比橘子果凍還要明澄可口。遠處關關無倦的鳥聲啁啾（群鳥在林間歇憩），簡直甜美如承諾，幽遠如未來。

年來生了幾場不大不小的病，進出醫院幾次，休養也修行，竟彷彿有些人生領悟似的，對世事漸漸不聞不問了。入秋之後我用盡一切藉口無所是事。寫長信給從前的朋友，修葺一株回天乏術的盆栽，在網路裡迷途，喝淡一壺凍頂，時常在窗前讀書一下午，心裡靜得完全沒有心得。久慣獨居之後，連咫尺的書店也覺得天涯了。整日整夜不倦醒著，在高而涼的小樓裡魂也似地思索人間煙火。

有的時候朋友來午餐，對話稀稀落落如同三明治夾的生菜，冷冷乾乾在嘴裡反覆嚼著。我因閉門過久，應對遲緩得彷彿古墳裡的壁畫，久久，久久，剝落一小片，窸窸窣窣，一些不規則的碎屑，偶然掉一大塊，嘩啦一聲就沒有下文了。朋友的情況也一樣寥落，像古墳裡的燈，什麼也照不見，黯淡得很。寥寥地，我們討論寂寞與歷史，戰爭與和平。大而無當的主題，說著說著就沒話了。我們的心緒慢慢的，隨著流雲落葉，沉積在他方。低首斂眉中聽完三齣不同版本的安魂曲，死生契闊。這個寂寞的世界，這樣空曠，叫人連眼淚都流不出來。

茶過三巡天色還很好，垂天之雲遠走高飛。沒有一棵楓因為我們的低迷而凋萎。我們是錯置的人物，在扞格不入的時空裡各做各的春秋大夢，朗朗晴空下各自的心裡秋風秋雨，完全不理會林鳥與秋山，和身邊的光陰也絲毫沒有關係。

後來我們決定出門去散步，說我們，其實是兩個人加上心裡的那些人與牽掛，為數頗眾，實在走不遠。說散步也不過是在湖邊的林子裡，這邊看看那邊停停，和松鼠差不多。走來走去，楓葉之外還是楓葉，芒花復芒花。到處是一層一層繁複的色彩，藍果紅莓，黃花橘葉，棕色的松果。林子十分擾攘忙碌，花栗鼠咬一顆橡實，浣熊緩緩踱步，灰兔豎耳傾聽間歇的腳步聲，知更鳥俯視我們穿梭的心事，蜂與蟲子哼哼數落我們的心不在焉。對這一切，我們回以視若無睹的手勢。這裡是另一個太平盛世，與我們心裡的荒蕪皎皎對映。日光從林葉間滲下來，落在地上都是小圓圈，清涼柔滑，幾乎不像真的，反而像某種用來做室內舞台效果的人造物質。歡鬧的盛秋有種腐頹的美，我們的心情跟著林子騷動起來，彷彿一切就要來不及。我們預見這擾攘之後冬日的死寂，像個灰撲撲的背景道具，懸掛於每株彩楓之後。那是秩序的必然，所以誰也無可奈何。這一點，林子裡所有的生物都比我們更明白。

我們走出林子，來到臨湖的一片草地，將枯的芰荷密不透風覆著小灣，造成陸地的錯覺。細看之下還是很難恍然大悟，簡直可以就那樣踩下去，踏實的踩下去，一點也不懷疑，我的眼睛對心說謊。一條小船動也不動依著岸邊最安靜的柳樹。風從林子的那一邊躡手躡腳靠近，這裡嗅嗅，那邊蹭蹭，三步一回首，未及現身又匆匆踩著蘆葦，牽牽絆絆往山的方向走了。臨走又把豐美的尾端往我們頰邊柔柔一掃，謊言般不著痕跡，我們什麼也沒看見，怔怔的好像什麼都沒發生過，臉上卻沾著果凍般的風色。

這秋風一陣一陣的，像有隻狐狸跑過似的。朋友張望之後這麼說。

什麼意思。我問。

啊，聽說狐狸是這樣的。通常輕手輕腳地來，靜得很。忽地叼起一隻雞，就風一樣嘩嘩地跑了。你什麼都沒看見，運氣好可以瞥見三角形的耳朵和飄搖的尾巴從麥田消失。不過偶爾牠們也會停下來回頭看你，那時你千萬不要盯著狐狸看。

我笑著問，會被迷惑？

你會忘記你見過牠。

原來有這麼魔魅的眼神，這樣驚艷的失憶，可以抹掉自身的出現，否認一切的相遇，而且是以對方的無知無感為其謊言假象的基礎。一種極其妖嬈卻不願意被記得的動物。我莫名其妙為這種虛假的存在關係感動，不知道為什麼，有似曾相識的熟悉感。我忽地感覺時間停了一下，在我胸口輕輕一擰，又流逝了。我什麼都不記得，好像什麼都沒發生過，可是有一星什麼火花，流螢也似在心裡某個幽暗的地方，一閃一閃地旋晃起來了。

可能是為風狐嘲弄的結果，我著了魔一般不由自主絮叨一些沒齒難忘的誓言，以及另一些咬牙切齒想遺棄的前塵。除此之外，還有淺薄的秘密與深切的期盼，倨傲而且充滿偏見的夢想。一大堆的錯。謊言是說不完的，錯誤是犯不盡的，我說著說著，一切漸漸成了格言，有些一不小心就有了寓言的教訓。恍惚想到一隻遠走高飛的狐狸，眼睛明澈得和風一樣。什麼都不記得，又幸福又寂寞。

朋友輕輕唱歌了。聲音飄在風和水的表面。

漸漸晚了，暮色沿著樺樹的刻度，一格一格滑下來，小心翼翼扶著我們的肩，什麼也打不破，不管是承諾還是沉默。什麼都沒發生過。霧起了，錯得更濃了。天涼了，眉目更冷了。我們俯首前行，心無旁騖。這湖邊只有一條路。

秋蟲唧唧復唧唧，晚秋騷夜。我們悄悄的，悄悄的從風的背後走過。小船還在，湖水在晚煙中迷離，以淚眼朦朧相望。實在不知道那一波一波的懇求是什麼，我們回以狐狸般怔怔的沉默。

野渡無人舟自橫。不語似無愁。零星的回憶在原野閃爍若螢火向晚。

（等一等，啊等一等。你也即將安寧。）

歌德安寧在括弧裡。

晚上降霜，秋天輕輕一跳，狐也似的不見了。

一九九八年五月廿三日｜人間副刊

在下雪之前

春末忽然從想不到的地方寄來想不到的消息。夏日才剛淡入，暑氣仍遙遠如前夜的夢。我為了逃離某種不安，離開麥迪遜往北朝綠灣行駛，始終無法釋懷於種種的不得已。

樅樹群沿路密隨，左巔的小丘高低起伏，右畔的湖光千頭萬緒的閃爍，車行如疾飛的水鳥在樹影間畫出一道長長的光。以那樣的速度我可以在冰寒中穿越時空，遺忘海洋與豐饒的死亡。可是我的心情像逃網的魚群，落單的悽惶使我游移。終於我在華盛頓島停留黃昏。島極小，滿是針葉木和蘋果園，有小木屋隱於林間。成群的小孩在小徑上騎小腳踏車，黃蜂一般來來去去。沙質的土壤蓬鬆，湖水澀青青，湖畔靜靜立著兩棵松。淡水湖和松香有毫不混沌的清潔氣味，乾淨分明彷彿末日的前一天。我在渡輪上眩暈並且忍不住嘔吐，我惴惴不安地想起鹹濕的海潮以及腐爛的魚骸藻類。眼淚於是不斷的流，流入嘴角是淡淡的鹹，凌空落入湖裡，也就消失了。

之後，整個夏天我不斷夢見海。正午熾日炎炎，熱帶的深紫色花崗岩，褐黑礁石森然滿佈的海岸。人形般巨大展著鋸齒的肥厚的蔓麻，豐美舒捲的蕨類，薄沙中爬滿牽牛花和地瓜葉的藤蔓，濃稠迫人的綠，這裡那裡。浪的撲打緩慢無聲，間歇的是蟲鳴和蛙鼓，一種夜深人靜的荒郊調。我站在沙中，焦慮著遠方襲捲而來的颱風，一寸一寸逼進的黑暗之心，還遠著，可是就來了。

整個夏天我焦躁，困頓，彷彿一頭擱淺的鯨。

不知道怎麼回事那年的秋天特別長，簡直像到了時間的盡頭。我或者在秋高氣爽中為一籌莫展的前途憂心，或者在金風颯颯中為感情的延續與斷裂猶疑，深至十一月底，初雪遲遲不來。整個秋季乾涼無雨，晴空像打不破的鏡子俯視蒼生，日復一日的明淨清朗，沒有陰鬱的可能，遑論雪霜。

遠處的山林滿是玄邈的深赭與鵝黃，像孟克畫裡火焚的天空，繞著靛青的這片湖。湖水並不寧靜，有紛擾的小浪自湖心湧來，脫群的雁鴨在波間載浮。教室臨湖的一面是落地窗，反射的秋光在每個人的臉上灩瀲，學生因此無心於藍波的纖纖詩魂，鈴聲一響，就從容的收書朝湖邊行進像一支疏落的奏鳴曲。我走在樺樹楓樹和杉樅的小徑上，那厚綿綿的落葉踩著像隔夜的夾心餅乾，我想起塵囂的台北並漫無目的眺望湖的那端。我也想起太平廣記，叩橘樹三下，一座城市會在凝視中嫣然昇起。可是清冷寂寥的風中這湖沒有一絲煙繚水氣，沒有任何鱗族的蹤跡，深秋了連蟲豸也不見。俐落得像個句號。

我想著台北，想著未來，每個念頭在過去未來間擺蕩，思潮愈推愈遠，念頭模糊又暗淡，湖的小波帶著韻腳催眠整個小徑，我漸漸忘了起點，剩得滿懷秋水。

用午膳的學生湧出了教室，週圍的人聲逐漸嘈雜，我朝右走到鼎沸的廣場上，遇見久違的朋友在人群裡怡然徐行如僧。

我們微笑，無言以對。正午的秋陽眩目而燦爛，我們也一切都好。

到底是要勘探什麼說不出的因素呢，我們決定驅車到城沒落的另一端。車子緩緩行經破敗寂寥的街道，我們也沉默如簷上的貓。忽然朋友談起溫德思早年的電影，以及對美國荒廢市鎮的著迷，可是我們很久沒有看電影了，話題絮絮的天馬行空，蒲松齡及其他，幽影幢幢，許多的魑魅魍魎。我們駛過壓水而蓋的橋，長長地跨越湖的腰。臨水的路總叫我想起加利福尼亞，朋友說。我們又陷入困憊的鄉愁因為我開始沉緬東台灣的海岸公路和檳榔樹。繼而我們談起京都的野櫻和海德堡的橋，言不及義想從滄桑裡忘卻故鄉。幾乎繞行南北兩極途經赤道和換日線只是絕口不提現在或將來的渺茫。

思鄉沒有救贖。理論書振振有辭說：無所謂家鄉。可是我們罪證確鑿病入膏肓，在自己的失落中想家，心口甜美的創傷。

餐館意外的擁擠，頗有近悅遠來之勢。我們各自遇見各自的朋友和朋友的朋友。串起來大家都認識，這原是個小城，可是在那餐館窄礙的空間裡有讓人感到四海遼闊的剎那。這一餐並不輕鬆，大家不斷碰到話題的終點，思緒繞行如咬不著尾巴癢處的狗。是啊，秋深十一月，初雪遲遲不來。此外佐飯的是不相干的風馬牛，虛應故事吞進許多保麗龍般的水栗子和過份滋養的油茄。沒有人深究流言的緣由，我看見松鴉和灰松鼠在零星的枝葉間跳躍，今年有吃不完的栗果吧，因為整個秋季乾涼無雨，初雪遲遲。

結束一餐意興闌珊，我們在不知道是楓是槭的樹群裡離開。這一帶其實是湖的另一邊（是我遠眺的那一點嗎），沿著老敗的鐵道前行，房舍斑舊荒草萋迷，我們漸漸有了蕭瑟的心情，而且我還得趕回學校上一點四十的討論課，關於康拉德。

那天午後我又在有大窗的教室捱過兩小時半，一直聽到鄰壁教室的學生討論也許是尼采也許不是。我若即若離的聽完這堂課心情從不好不壞變成低迷且自責，也許是午餐用得倉惶潦草，也許睡眠不足，也許想起了什麼流長蜚短，我想起反覆出現的海洋之夢，想到永劫回歸。音樂系的學生在不知那一個樓層練習四重奏，悠揚而遙遠的樂句反覆不斷，無止無息，原地逗留的幾個小節聽得人刻骨銘心。

有一個學生靠著窗邊的沙發睡著了，睡得棕髮披散。安適的斜簽著，睡得比一泓湖水還深，夢境從眼中悄悄溢出。我輕輕帶上門，學生夢裡的遠處也許蜿蜒著金黃的科羅拉多河吧。

我實在不記得後來什麼時候下的雪。也許是黃昏之後，也許是半夜裡。

總之那天雪就這麼下了，鵝毛大雪連著下了三天。我來不及離開的冬天就這麼來了。

一九九七年七月十九日—人間副刊

躲雨

下雨和重逢很像，也許是孿生姐妹。有一樣的刁冷癖性，永遠無法習以為常。平時我惦著各種小品詩的可能，未雨綢繆，儲備輕快如珠的問候語和白底灑紫花的丁香小傘。臨至相遇，還是嘩嘩然手足無措。適應了，也就完了。

重逢那天下雨，我果然沒帶傘，而且我的問候結結巴巴，不知所云。唉，再怎麼為這一刻準備，還是在現實中失敗了。

夏天兩點之後黃昏之前的雨總是急冷，又痛。我過了斑馬線才發覺校園的這一側除了樹群的抖擻狂笑之外，沒有任何躲雨的地方。車流如疾箭往來，險險慌慌，我已經被雨包圍，只好又張惶的回到街的這邊，在騎樓下百無聊賴躲雨。一旦下了雨，城裡的千軍萬馬就彷彿忽然六軍縞素，無處可歸了。

然後我們在人群中看見彼此。這麼狼狽。

朋友抱歉的笑了，那笑的意思彷彿是哪裡錯了。我們都有種莫名其妙的不安，好像這雨干擾了什麼，非等它停不可。好像我們的重逢是為了一起等這場雨。好像雨停之後才能真的開口。於是我們在廊下一心一意默默的等雨停，目光平行，像過去這些歲月一樣。這一天是亞熱帶烏雲銀色閃耀的鑲邊，我們相逢的城市正排江倒海。我原來應該打個招呼就走開，我原來應該遠比五十公釐等雨線的間隔更刹那，此刻卻因蜉蝣般的雷雨而意外地延伸了。

朋友說，這雨已經一個星期了，每天下午。

我沒有接話，我當然同意。其實昨天之前我們誰也不在這城裡，從很久以前就不在了，天南地北的，誰也沒有回來過。究竟這雨有多久我們不知道不在乎更無從印證，我們陷落在時間的縫隙裡，搜尋交集的語彙。過去的記憶已經南轅北轍，我的胸口滿是臆測和判斷，卻缺乏結論，我只好重複那顛撲不破的說法：哎，是啊，天氣真不好。

過去已經湮滅不可考，未來還只是觀念，我們眼前就剩下這雨了，它因此成為會話的主題，即使是問候語也都小心翼翼地在字裡行間加滿注解和附錄。

朋友又問，你要去哪兒？

不知道。我覺得這問題始終都很難。

商店的冷氣悄悄纏繞濕冷的足踝，暑風溫熱拂著臂膀，雨水隨髮稍的捲度蜿蜒頸項又跌落胸口。我們一身貫穿不同的溫層，在騎樓底迂迴前行，往人潮的上游溯泳。一個素顏女子絕美，擦肩而過，男人女人都看她。臉上一行幽邃的祈使句。我們繼續閃過一條褐灰的流浪狗，讓過一對目中無人的情侶，繞過賣麻糬和豆花的攤子，努力和熙熙攘攘的許多人逆流。哎。然後，朋友出於習慣伸手牽了我，我發現自己已經不記得那溫度了。

這傾城的雨叫人煩亂，人人都說真理與公義的問題已經不再重要，他們說這個城已經沒有價值也沒有希望。我們卻在這裡重逢，我因為這個渺茫的可能而愛死了這城。我感激狹隘的街，擁擠的樓，骯髒的水溝，營營的蚊蚋，以及背道而馳的人們；我真心偏愛這個庸俗的社會，崩毀的價值，顛沛流離的生活。我慶幸我們如螻蟻般平凡渺小，可以一笑泯恩仇，在他人眼中的亂世自在存活。

久別重逢除了可以入詩之外，也是一件耗損的事，一旦重逢了，各自累積的歲月就被迫歸零。我不知道對方的行跡路線，不知道自己的版圖，不知道自己於對方的比例尺，反之亦然。我不知該膨脹或收縮，心裡冷冷貼著手裡幽幽的溫度和密度，不認識的觸覺，摸不清，不確定是自己的還是誰的。

如果沒有這雨，今天下午將徹底不存在，它只是一個普通的午後，它的意義將被沖刷抹滅，淹沒於時間的洪流裡，倖存的仍是那些棲居其中的物與質。這些漠漠的結構與形式，有我們也好，沒有也好。舊時喝茶的那間小舖，以雨勢而言太迢迢了，我非常想念那個院落，還有白毫烏龍和醉梅。咖啡館在左邊，軟枝黃蟬之後深綠的門，另一間在更深一點的西北邊，花茶在我們正南方的小樓上，書店是座標外偏左的地下室，必須經過層層雨陣，在第四象限的邊。

敘舊有點難。重逢的開場白再怎麼真心，聽起來都是虛情假意。這幾年我遇到的狀況多是馬上相逢無紙筆那種倉卒，也曾有問及寒梅著花未的清愁，可是都在異鄉，我可以隨口問起，又轉身忘卻。這裡是故鄉，我們卻還是慣性的落落寡歡。我們交換了曲折的人名和地名，各自的人生裡陌生而遙遠的憂愁和苦惱，還有過期的切膚之痛，含在嘴裡淡淡涼涼的直到心底，像沒加糖的薄荷茶。對於人生的探求我們其實都不在意了，對於人世的複雜我們卻說得太多，這不老不年輕的年紀就這麼進退維谷，像玻璃煙灰缸，有青春時的透明，卻已經有點髒了，裝著燃燒過的灰燼和廢棄的垃圾。

雨聲掩過咖啡館內播放的輕飄飄的曲子。「這是德布西吧，怎麼聽起來很陌生。」朋友說。

「這不是。完全不是。你已經忘了。」我笑了，因為我擔心我自己流淚。然後朋友又抱歉地笑，彷彿有錯。

雨勢稀稀鬆鬆弱了下來，世界就忽然空曠了，一切忽然變得再明白不過。我們以湯匙吸管攪著半空的杯，閒閒地聊起家常事，誰結婚了，誰離婚了，誰在那裡做什麼，誰在那裡唸什麼，誰已經出書了，誰已經出家了，誰已經生了，誰已經死了。

談這些歲月如梭的軌跡，我們反而非常淡然，人生如星曆，以更廣不可測的寂寥運行。我好像漸漸懂得人生了，我知道張惶已經來不及，只能在千軍萬馬中險險的走回安全的那一邊，像躲雨一樣無聊觀戰，和某些逆行的人擦肩而過，慢慢沉澱在生活的無色無味裡，可是仍然會遇到意外之人。

安坐在靠窗的桌，心情趨於和平清潔，隔著玻璃的霧氣，人來人往的世界變得無涉無求。夏日黃昏前的雨裡和重逢的人聊生活瑣事，沒有巧妙的問候語沒有美麗優雅的小傘，沒有我希望的整潔俐落，仍然可以讓人偏愛所有的錯誤與遺憾，即使這些年來我們都沒有再見過。雨下了三小時，我們彷彿認識了三輩子，而且不曾離散。

一九九七年九月廿八日——人間副刊
二〇〇七年九月——修訂

霜夜

近黃昏，於是東向的窗口都點燈。野墳白楊上，到處是空曠的風，不然如何寂寞呢？

已經很久，我們都不再討論關於價值與判斷的主題了，不但為了我們岌岌可危的精神衛生，也還為了那些值得懷疑的，青絲袍子般又冷又滑的道德戒律，還有一個接一個，無法闔眼的清晨和幽冥四合的暮色。

昨夜我又失眠了。亂夢顛倒之後，睡眠無羈脫軌逃得很遠。夜的密度太大，失眠的濃度深不可測，夢與夜因此而沒有了邊界。我躺在夜裡，窗裡，聽著風從窗外飄過，颯颯穿過森然的思緒。

昨夜我夢見你的背影如貓的曲線，深秋的寒流中前行如烏雲蓋雪。雪花莫名其妙阻擋我們的歸路，就留在這裡吧你說，不然還能如何呢？我們浴雪而席，顫顫如風旗。

行路難，我說。不然如何呢，你說。我四顧幽冥八荒，我說這真是我們心情的寫照，晚秋的路，漫天的雪。我不斷咳嗽然後天就完全黑了。我摸索著身邊的物事，我知道這是我熟悉的所在，可是我遍尋不著燈的開關。

你忽然從另一扇門進來，我的房間就亮了。我問你去了哪裡，你往門外一指。我發現那扇門已經消失，只剩烏木的門洞子，淒白的牆，在那之外是蓑草連天，荒塚似的野地。我問你為什麼來，你笑了笑，又把燈熄了。

於是我又立在野地裡，又是風雪，又是混沌的黑。可是我知道只剩我一個人了。浴雪後的夢記不清了，我從寒冷中抖著醒來，發現薄霜灑遍露台，噩夢是夜的牡馬，又一次我手無轡繩跌在反反覆覆的泥濘裡。

這樣的躊躇，夢裡剎那的空間和時間，我幾乎觸及永恆。

這樣的夢。你的聲音爽冷乾脆如秋月清敲玻璃窗，你的眉目分明如山水，潔淨如瓷釉，輕微像瓦霜透明像風，幽靜緩慢如一朵蘭花的啟顏。不然如何呢。

你緩緩起身，以陌生的姿態退席。我轉身求助滿天神佛。

你緩緩張手，手心卦象森然。塵歸塵，土歸土。唉。

曾經我非常困頓於北地的寒冷，彷彿除了漠漠風雪之外，沒有遇過一場雨。我完全不記得曾經濕過鞋襪與褲管，事實上我不記得那些年裡曾經撐過傘，我似乎沒有傘。然而，那個午後經常被召喚，新書的紙頁間青澀的氣味，夾著羊毛衣的蠟氣。冰涼的雨點中，頂著新買的理論書，匆匆躲進書店的那個午後。那一定是四月了，苦冷的風雨間歇，殘酷的月份。

你曾問我關於寒冷的問題。我說那就像早餐時，靠著白麻的桌巾，銀色的刀叉在法國麵包上抹柔軟的奶油，乾脆的麵包屑不斷掉到信紙上，咖啡有點苦，沒有糖或牛奶。你笑說這和寒冷沒有關係。我說因為刀叉和奶油都是冰冷的，而那銀刀刮過的聲音就像踩在雪霜上的腳步聲。你說這是我荒謬的比喻，而且還是厭食的，因為你知道我討厭奶油。

也許我曾在冬天的早餐桌上寫過太多的信。我也許曾經嘗試於其上描繪冬季的冰雪，但語言總是不夠，而印象和感覺又太多。簷前冰柱反射的晨光，結霜的窗櫺，雪踏在腳下的鬆軟，呼吸的白霧，暖氣機的嗚嗚聲，蒸汽機冒小煙的形狀，空氣中清醒又緩慢的寒意，還有早晨從被窩醒來，發現窗外靜靜飄著漫天大雪的閑寂。

我也曾書及冬霧的災情，濕寒得無法呼吸，濃固得不可思議，五公尺外的世界全然不存在，世界變得小而緊密，一切都逼近得觸手可及，像一個原始的夢，這個世界在我耳邊悄悄吹一口氣，封閉著一種親密的私語，安全地環抱在睜眼不見的盲目裡。一切都觸手可及，沒有他者。這實在像我夢中的心情，剎那的空間和時間，沒有未來的永恆。

如果我能把這一切都寄給你，也許我們不至淪落今日如此。也許你就能稍稍明白我的病情是怎麼回事，為什麼心事這樣若有若無。

如果我曾試著多寫幾句，我們今日不至如此。

昨天早上我去了圖書館，循著舊路。

路不好走，霜化不去，不久後為雪掩埋，然後就成了冰，陽光即使閃耀卻也是冷的。樹枝把它們紛亂的心事向天空展開，而寒帶的天空，清晰得彷彿連空氣都沒有。

我跨過雪堆，紅磚樓的學生正艱難地把大提琴搬上車，他們的窗台內有一株半枯的黃金葛，一串靜止的風鈴。一個女子站在窗後看我，我知道這個女人，她經常坐在窗沿編織某個物件。她的嘴安靜咀嚼著，我看到她手裡拿著一個甜甜圈。啊那是多麼糖蜜膩人的早餐。

早知我們今日如此，當初我寫信的早餐該多加點糖。

這樣懊悔的念頭已經浮現無數次了，熟悉得一如這條通往圖書館的路。

我在十字路口停下來等紅燈，竟看見你從對街往這裡走過來。我凝固在雪堆旁，被這恍惚的幸福的瞬間震撼而失去其他的感知能力。這真是不可思議的剎那，你竟然在這裡在這裡。

我看見你走過馬路，走過來，經過我身邊，完全不認得我，走掉了。

那不是你，當然不是。只是一個很相像的人罷了。然後，我為自己的荒謬笑了，他其實像十年前初識的你。至於這幾年經過種種波折之後的重逢又離散，最後一次見到的模樣，我卻記不清了。一路上這種奇異的時空錯誤困惑著我，我帶著複雜零亂的心情，踩著雪，循著舊路走到圖書館。

圖書館空蕩無人，這是個愉悅的地方，日光充足且揮霍地穿透高敞的樓層和明朗的大窗，烘照著百年橡木的長方大桌。我棲身熟悉的角落，四周與牆等高的書都是熟悉的語文。某個遠處有低語迴響，某個迴廊有回音蹀步，像是一些飽讀詩書安居樂業的鬼魅。古老清潔的磨石子地被踏出凹面來，安撫人心的書籍氣息溫暖包圍著我，烏鴉的影子偶爾掠過肩上。

曾經有一整年，我幾乎天天在此做功課，靈魂安憩如陽光裡的貓。在這裡，我對一切寒涼的惡意都能誠實去看待，並且覺得理所當然，沒有絲毫的不潔感。書冊撐著世間的真理與鐵則，有這樣一種道理，那樣一些說法，如何如何的論調，某某主義云云，諸如此類云云。為書籍環繞的所在是安全的，它建構並且倚靠永恆。我隨手翻閱一本老舊的詩集。十二月午後的煙與霧之中。房間裡，女人來了又走，談論著，麥可藍基羅。因為我不希望再次轉身。旅程迢遙，路徑深邃且天候犀利，冬日的死亡。

我不該翻這本書的。書頁交錯回憶與想望，字裡行間參差一些閃現的片段，無關詩與文學，我只能暈眩流淚。那棲附在書籍裡的，老在我心裡竊竊私語的鬼魅，突然浮現並飄繞過來，我失了神，沒有再讀進任何字，我發抖得無法掩飾。淚水叭答叭答掉在粗糙的紙面，抹去了又沾上，一塊塊深色的圓點，圈住浮凸起來的字句。啪，時間，啪答，咖啡，啪，玻璃窗，然後視線裡只有模糊。我飛快的翻動書頁以掩飾這狼狽的窘態，我知道秩序已經零亂了，我無法挽住這眼淚的決堤，甚至紛擾的思緒也形成漩渦，我淚眼凝視漩渦的中心，那是一股龐大的力量。我感到深深的怖懼並不由自主發抖，跌進去就出不來了。

已經很久我們都不再討論有關價值與判斷的主題了，為什麼我還會在這裡因某些事物的失落而感傷迷亂？我一度以為那些已經遠離。此刻我才明白，遠離的是我自己和時間，我看見自己漸漸分離出來，站在外圍的角落，明白看見那些叫人落淚的往事已自成一個完整精密的體系，沒有人可以攪亂它的秩序和運行，它只會越來越清楚，存在於一種無缺的狀態中，沒有人可以使之傾斜或偏離，即使你或我也不能夠。它會一直在那裡，即使我們都忘了回去的路，也不會因此而稍減它的光芒。也許有一天，我可以不再淚眼看待這一切，也許那一天，我們會向永恆靠近一些。

圖書館的閉館廣播說再過十分鐘就要關門了。我仍顫抖流淚，胸口疼痛，往出口魚貫走去的學生經過我時都神情肅穆，面帶哀矜好奇的眼光。我知道這是誤會，這一切無關書本，也不是功課壓力。我閉眼深呼吸，盡力收拾自己，搖晃著走向穿踏千遍的出口，恍惚中那只是一道無邊的白光。我知道那之外仍是市街，是世界，我真希望不是。

我循著舊路，一切觸手可及，除了永恆。我們竟如此今日。不然如何呢，你說。

就留在這裡吧，我已失落如此。

於是我今晨醒來一切都不對都不對了，我目睹林煙的隕滅如遠古文明，以及晴空的滾滾流盪如水銀。一切都不對都不對了，這充滿清教徒思想的北半球，我獨自在街道散步為人群所擁簇，我的思念是複數。

我的心情翻攪如風洶湧如雲層波動如海的泡沫，如露亦如電，不然如何呢。

其實不然，你說，我們還有未來如畫承諾如詩。

不然我們如何寂寞呢。

霜夜。我的昨天延伸至今天，四處淨是未來及過往，我沒有看見永恆。

春陰等待

「四月是最殘酷的月份，迸生著／紫丁香從死沉沉的地上，混雜著／記憶和慾望，鼓動著／呆鈍的根鬚，以春天的雨絲。冬季我們十分溫暖，覆蓋著／大地在善於遺忘的雪中，餵養著／乾冷的球莖一點生氣。」ＴＳ艾略特如是說。

春光還是別太明媚的好。春陰的微光和微涼更適於從冬季的猶豫中甦醒，適於從薄被裡伸出涼涼的手伸懶腰，打哈欠，撥弄頭髮，支頤寫長信，或是百無聊賴地等，閑敲棋子。春陰是迂迴的光陰，如同一個有心事的人不會發現光影的變換，一個凝神諦聽的人不會看見眼前的事物。它的隱匿和壓抑來自不存在的時空，它藏身於另外的思緒，它的光在它處。它像一段完美的和弦出現之前的懸宕與徘徊，醞釀著非常柔緩的情緒，你不知道它終會是一陣雨，或是一道光，你只能任它極其韻緻地，慢慢地慢慢地氾濫。你只能等。

在芽苞秘密四伏的花圃裡，那陰雲越沉，雨越綿密，土壤也就越細膩軟沃，這樣的等待是一個飽滿而陽光的承諾。

然而春陰的等待也有荒涼的時候。特別是那尚未來臨且不知道何時來臨的，屬於夏天的熱切的場所。在應該有太陽卻怎麼也等不著的，屬於歡笑和防曬油的地方。在應該有洋傘和太陽眼鏡之處，應該有小孩的嘻鬧和奔跑的腳印之處，應該有沾滿沙子的毛巾，幾瓶啤酒空罐。但是什麼也沒有，去年夏天不會再回來，雖然今年還是可以繼續曬傷，繼續擰乾泳衣，抱怨黃昏，在回程的路上搖下車窗風乾頭髮並大聲唱歌。也許還可以，也許不，但是此刻我們只能等。

海水浴場的沙灘遍佈小小的紙屑，是去年的笑聲留下的註腳。遠處灰藍色的碎浪起起伏伏，等待一回洶湧的漲潮來沖刷並且忘卻它們。

空無一人的遊樂場被前夜的雨水濡濕了，紫色的大象、黃色的長頸鹿、紅色的獅子寂然低視斑駁的水泥地。怎麼垂著淚呢，這群來自不知名的夢境的獸，這裡一灘淚，那裡一灘淚的。它們只會在夏天活過來。所以它們也只能等。

這是等待。它就是這樣荒涼。

朱天文在《荒人手記》裡寫等待，纏綿悱惻淋漓盡致地寫了四頁，一種死去活來的等，幾世幾劫的等，既放棄又堅持的等，宇宙洪荒的等。寫的是短暫的睡眠與乍醒。夢裡的時間比現實恆久，夢裡的等待比現實更難熬。昏眠等待是一床襤褸的夢，等不著人的時候，睡去如同死去卻在夢裡回生，而醒來——朱天文寫乍然醒來的冷汗「潮濕如屍體拉出來在解凍中」——如同回魂，卻也落空如死，像茱麗葉。

羅蘭巴特在《戀人絮語》裡的等待更為焦灼，那是坐立難安的等，看得出來他曾如此真心地等過誰，而且他非常習於等待以及伴隨而來的苦惱。於他而言等待乃是將自己的存在意義繫於他處，放在一個身影、一紙信箋、一通電話上。「我依賴一個不完全屬於我的存在，而這個存在的實現需要時間。」他的思緒在它處，他的光也在它處。

那種等待是對缺席的過敏，對空缺過敏。搔首躑躅，如坐針氈，過度解釋一切的意義，既耽於幻想和猜疑，也耽於近乎自虐的禁錮，他哪兒也不去，什麼也不能想，每一分每一秒都可能是終結等待的剎那，因此他每一分每一秒都等著那終結，時間變得龐大而緩慢，現實消失，一切看起來呆板，無生氣，孤寂，恍若「荒無人煙的星球」。他失去現實，沉浸在意象中無法自拔。當他偶爾為閃現的清明震醒時，他會幡然自問：「我在這裡做什麼？」巴特說，這清醒正是愛情顯露其非現實的時刻。

這描述同樣也是關於昏沉等待與清醒的對比，個體在等待中將存在的意義置於此時空之外，意義總是在他處，它處。因而等待者不斷在此身所處的現實與此心所想的虛構之間擺盪，是夢與實，是生與死，現實與非現實。在巴特看來，清明的現實感顯然和愛情那種由意象與感官構築的世界無法共存。《戀人絮語》正是一種書寫的嘗試，寫那些無法言說的昏沉雜亂之感、語言邏輯無法捕捉的心中虛構之象，他利用語言的不足來書寫從來就說不清楚的感覺和感嘆。話語總是只能在感官邊界游移，那游移的痕跡像春天若有若無的雨絲一樣沒入情緒的迷濛煙波裡。

某一天我夢見我的茶花開了，夢裡花比現實更美。夢裡它籠著薄霧，姿態崎嶇，顏色妖冶異常。醒來之後明明知道是夢，我還是興沖沖到陽台上去看它真的開花了沒有。當然，沒有。這夢幾乎是照著佛洛伊德《夢的解析》裡那則山茶花之夢的標準範例顯現，我當然也明白，多年前偶然讀過的這一則案例的記憶會在此時於夢裡浮現，可能有超越我陽台那株山茶花能夠指涉的意義。

然而我寧願不解析它，我只想記得它在夢裡的樣態，我不喜歡燃燒完了之後，清醒如同回魂，又落空。

等這茶花開等了幾年，念茲在茲，總是這樣落空。春日的花與惆悵，日有所思種種，均與等待有關。

二〇〇七年六月 — 文訊

冬日遊牧

紐約實在是想不得，至今每每念及它的街道就忍不住嘆息，即使在最細微的記憶中它仍像冬日公園長椅上的陽光一樣清楚而且溫麻麻的。紐約也實在是去不得，一旦去過了，身邊慣看的日月山川都變了個樣子，彷彿是年深日久忘了名姓的戀人，歸來乍見時另有熟識與陌生的百感交集。然而這樣也好，自此後發現了人世中有另一種的可能，可以做為夢想的底層，因而在日常煩囂裡產生了奇異的安適與知命。

去了紐約幾趟，漸次有身世之感，心情像伍迪艾倫電影的開場與結束時的味道，有點事不關己，卻又是真心真意的。爵士樂一扭一扭飄過曼哈頓的街頭，十字路口與黃色計程車，行色匆匆的路人，街樹齊齊整整拱著初上的華燈高樓，咖啡店與烘焙坊的芳香，杯碟碰撞的丁丁聲。但也就是這樣了，沒有嘲諷的主題詼諧的敘述和不安的情節，我不過是個過客，是個觀燈看戲的人，與劇情不相干，時間到了仍舊要回家的——也因為知道這一切都是暫時的，所以更加愛狠了，每個轉折都低迴不已，在借來的時空裡營織不久長卻深刻的感動，那些歡欣雀躍彷彿都更強烈些，連海風都涼些，夜景更幻麗些，橋長些，月亮似乎圓些，自己還是自己，卻逐漸渺小了。

紐約使你對人性有不同的解釋和期望。朋友說。這個猶太朋友相當悲天憫人，頂著一頭草莓金的捲髮，桃子似的臉，是無藥可救的人道主義者、環保主義者和素食主義者。她開車帶我繞市區，不斷發表對紐約的愛恨交加。駛過時代廣場，與樓齊高的影視牆上是新力電器的廣告。車子行經布魯克林大橋時，朋友一邊對我闡揚動物解放的重要，一邊強調紐約對人性粹鍊的正負面影響。「你知道，這裡像個瘋人院，不同的是它比較大，裡頭有街道。」「而且它的披薩是最棒的，比芝加哥還好。」「對了，你該去村子一趟，那裡有許多有趣的好人。今晚有個詩會，在我常去的咖啡店。我帶你去。」

紐約真是美，因極限而美。它一點也不安詳寧靜，它直接挑逗騷擾人性的邊境，它的特殊是反自然而且超越歷史的，有形無形的物質與空間被拓展到效能的極致，假設和定義隨時都可能粉碎為流體。鏟平的山丘、堆高的河谷、填實的海埔上，大膽地，拔地矗起一棟棟不可思議的高樓，紮紮實實抹去自然的存在，巍巍密密地砌成人類文明最狂野的妄想，天梯一般觸及雲霄，寸寸節節都暗藏哥德式建築的意圖，都是巴別塔的重現——實在沒有比「摩天樓」更貼切的詞了。落日的餘燼中大樓閃著冰稜般的光芒，晶瑩得使人眼盲，美麗得使人想赤身擁抱上去，彷彿只有肉體被割裂的同時，心底的讚嘆與臣服才得以彰顯並平息。

朋友說的詩會相當另類，窄小的咖啡店著了五顏六色的漆，造成一種破損零亂的效果，桌椅搖搖晃晃瀕臨支解，每個桌面燃著酒紅草綠海藍的蠟燭，鋪有褐色的再生紙，並有一盒蠟筆。你可以寫詩，或畫畫。已經有人在發表詩作了，關於海豚月光以及自由的追尋，還有死亡。更多的詩，更多的韻，更多的挫敗憤怒恐懼，更多的憧憬夢想超越，更多動物，燕與狼，狐與鯨，蟑螂老鼠，人及其它。音樂當然也腔拍詼詭，舒發深不可測的憂愁。鄰桌有四個蓄山羊鬍瘦削的年輕人，熱切地討論巴塔耶的情慾主義，有一股不能遏止的能量從襤褸的衣衫和磨損的球鞋之間折磨著他們。露出內臟的紅絨沙發上歪躺了兩個人，一模一樣的長髮糾結披肩，一般的迷濛疲憊的眼，像安迪渥荷畫的複製品，昏暗的燭光下沒有性別的差異。也許就是沒有。詩結束之後，屋內陷入彷彿更遙遠的洪荒的韻格與主題，一切的問題都問完了，回歸至最初等待回答的寂靜和遲疑。每個人臉上隱約有泫然的痛，每個人臉上一個明明白白的問號。我的朋友已經在桌上完成一幅即興畫，有椰子樹和紫色的美人魚。喝太多甘菊茶，心情過於平靜，她說，無法感覺今晚的詩。我們起身離開這個四面掛了超現實攝影作品的憂鬱空間。

這個城的夜比白晝更洶湧澎湃，高樓削成的街道如險峻谷灣，汪著一潭一潭鼓著浪的欲望湖泊，閃著又黑又亮的誘惑；建築的山巒海岬隨著街路枝椏狀地延伸交疊或平行，藏匿沉隱的激流漩渦，危機四伏蠢蠢欲動。處處燈紅酒綠，夜的脈搏急速激昂，我們的車在其中潛遊，宛如一尾瘦小的銀魚。路的尾端真的是海，卻只能遠遠地望著，一排路燈拱護模糊的水面。沒有月也沒有星，滾滾雲層低低地壓著，遠處燈景燦爛華麗，一朵朵毒菌般鮮艷妖冶，美得不可能，像某部蝙蝠俠電影的起始，罪惡淵藪的神秘大城，音樂沉沉節奏懸疑，目眩神迷的腐化與昇華同時進行。

我留在朋友紅磚砌成的小樓幾天，學會了做某種猶太餅乾。整個溫暖的下午我們在寬敞明亮的廚房裡吃三角形中間有梨餡的餅，討論她正在寫的評論文章，喝玫瑰茶。牆上貼有一些醍醐人心的海報，特赦組織與反迫害宣言。她的室友們進進出出，畫家詩人藝術史研究生，原木地板吱吱呀呀，茱蒂蜜雪和傑夫，熱切地談著正在進行的反虐待動物示威遊行，他們也詢問我對南太平洋核子試爆的意見。他們看起來非常相像，都是對生活充滿良知對社會有意見並且具徹底行動力的人。晚餐是一大盤粗生菜和黑麵包還有太淡的番茄黃豆湯。

妳明天要自己去長島的阿姨家嗎？

我點頭，坐火車去。

天哪，那裡很無聊的。茱蒂說。

別聽她，她家就在長島，所以她覺得無聊。傑夫說。

人們常覺得家是最無聊的地方。蜜雪說。

我遲疑的笑了。

他們說，妳若無聊就趕快回來，我們去示威遊行。

長島意外的遠，火車經過許多名稱奇特的站，牙買加，巴比倫，帶有濃厚殖民色彩，像一支探險船隊經過非洲豐沛繁盛的海岸。然而窗外的景物卻相當寒冷，無家的黑人披著毛毯貿貿然在暖氣孔出口取暖，商店破蔽零亂，街道灰暗冷清，扭曲的鐵門上著大鎖，鬼城也似的。紙屑滿街飛散，滿牆的五彩塗鴉，斗大的字，沉痛無聲的吶喊。有一個人蜷在車站角落，毛絨絨彷彿是一頭極髒的大狗，他蹲踞著看車窗內正在看他的我，那眼神也就像獸類般空洞，屬於人性的部分只剩閃過的一絲不耐，說不定是嘲諷——或是我的觀者投射，其實他好好的什麼都沒想。我猜想我的朋友和她的室友會有什麼改革意見。火車繼續前駛，冷靜筆直地離開傷心低迷的社會結構底層。我在同情與感慨中沉沉睡去。醒來時路樹越來越多，紅瓦白牆糖果小屋般的房舍也四處可見，方才悽慘的景象似乎是無心的一場夢。我的站就在一群樹叢之後出現。是一個清潔整齊的小站。

豪華舒適的座車穿過樹叢，我們經過一個門哨，進入參天蓊鬱的樅與松。在這裡開車要小心，常會撞到鹿。阿姨說。我四處張望，只有隱隱的深宅大院，一片沉寂。輾轉蜿蜒之後，視野豁然開朗，我們在一座古堡般的大屋前停下，庭園寬廣，不遠處就是海口。後院有網球場和游泳池。我緩緩走過兩旁植有巨大青柏的草坪，爬上石階，推開厚重的有鐵環的大門，震驚於這不可思議的奢華，這是我從來沒想到的物質現實。那一夜我暫歇在塔形的頂樓，不由自主想起各種與古塔有關的童話故事。

這屋子太大太靜，阿姨全家又太忙於各種早出晚歸的事務，使得一切看來空曠。我一個人在十幾個房間晃了兩天，多半待在廚房裡看電視，吃牛角麵包喝紅茶偶爾吃洋芋片。沒有看電視的時候只會聽到自己的耳鳴。我開始了解茱蒂所說的話。隨著對空間的熟稔，當初興奮的感覺漸漸消失了，我想像這裡的人們每天搭火車到繁榮先進的市中心大樓上班，當火車穿越那一大片貧瘠荒廢的社區，車內的人不知是慶幸或是憐憫。大約一小時的距離有這樣天旋地轉的貧富落差，這個城的土壤是肥沃但也是令人困惑的。

星期日我們去華人教會作禮拜。除了宗教意義之外，這在美國華人圈裡是很重要的社團聚會，遠近的華人都來了。人人都和氣有禮的寒暄，我在最後排坐了一會兒，就到廚房幫忙準備會後聚餐的食物。廚房裡熱鬧地聚滿了女人和主日學下課的小孩，沸沸揚揚的交談與嘻笑，小孩都以英文相互稱呼玩耍，只有當母親糾正時才勉強說兩句中文。除此之外，聞著炒米粉和香菇雞的味道，我幾乎錯以為我身在台灣，而這只是一個尋常的星期日上午，像親切的幼年的回憶。

那天下午我到附近大學去看期末考中的妹妹。大學生的宿舍似乎四海皆同，狹小零亂之外還有一種非常活潑的氣氛，牆上掛著各種花花綠綠的旗幟與海報，門楣上吊著怪異的珠簾子和蠟染的五彩布條。

宿舍走廊鬧哄哄滿是學生，妹妹正生著病，因此對於我們出國多年來初次見面並沒有太多話說。她瘦了非常多，而且看起來像個華裔小孩，我幾乎認不得了。陽光從窗外靜靜曬進來，我們坐在她房裡披滿衣物的椅子上有一搭沒一搭地聊家務事和功課，以及她日常的飲食起居，為什麼瘦了十幾磅，有沒有去看病等等。

我離開的時候兩人都悵然不知道要說什麼。異國的家人重逢。我又問起她氣喘病的狀況還有考駕照的法定年齡，她談起下學期搬到校外的可能，同時輔系修課應該會輕鬆一點。我有點愛莫能助地走了，妹妹過兩天要去費城渡假，我則決定繼續留在紐約，但我想離開長島，到法拉盛去找大學時的朋友。

法拉盛像極了十年前的台北，街道有種熟悉的紊亂，巴士計程車小客車行人紅綠燈和滿溢的垃圾桶，全都擠在狹長的馬路上。招牌多半是中文，雜一些韓文和英文，放眼望去都是東方面孔，不是很熟悉的那種，就像自己的語言但口音不對的感覺。

這裡大概可以一輩子不用英文。朋友說。我想也是。

我們停下腳步，她在路邊攤買十個水煎包，我買了兩條烤玉米，整條街都是小吃攤子，我們恍惚像是回到大學時期逛夜市的日子，唉如果有珍珠奶茶就更好了。朋友的公寓外觀不錯，但房租據說算是便宜的。因為住了很多印度人和墨西哥人，所以亞洲人漸漸搬走了。朋友說。果然走廊裡飄散茴香子和西班牙紅椒的味道。

文化上的多元使紐約看來像一個小宇宙，即使族裔的平等難以消除，空氣中依舊洋溢著各個文化的芳香。紐約大概自由些，機會可能也多些。每個移民都嘗試著在這裡扎根，分得一寸立足之地。希臘區有黑橄欖和菲塔起司的味道，小義大利是卡布基諾和披薩，中國城聞起來就像士林夜市，韓國區有很強的泡菜味，拉丁區有乾酪和塔巴斯哥辣醬的混合香。各種文明的精華和歷史並肩棲聚，不太融洽但都喃喃抱怨地妥協於主流文化之下。很奇怪的是，即使在法拉盛或中國城最像西門町的地方，仍然有一絲絲的異國風味，不那麼樣純粹的家鄉，夾雜了西方人的想像，更老舊更古遠，處處落了斧鑿痕跡，因此比東方還東方。

我陪朋友到皇后區某個小社區去參加婚禮，是台灣留學生常見的那種小型儀式，就在個兩房兩廳的小公寓裡。十來個客人，包括我這個了無相關的外人在內。婚禮的氣氛並不熱絡，即使在那麼小的客廳裡大家似乎有點辭窮，留學生的生活也許潦草倉皇，戀愛可能談得莫名其妙，點心有些不夠，炒麵有點涼，汽水溫溫的，餅乾太甜，然而新郎新娘無視於這一切小小的不完美，滿懷光輝真心相愛著，兩人幸福的眼裡充滿了可以容納整個世界的寬容與溫暖。大部分的客人是新郎的同學，嘰嘰不休聊著獎學金和綠卡，對電腦工業的未來抱著樂觀的期望。

當朋友知道我過去這星期的經驗後，宣稱我根本不算來過紐約。朋友對各種特價商品與打折消息特別靈通，在她完整的觀光計畫下，我們花了三天逛曼哈頓市中心的主要大街，充分探索了每一家百貨公司和名牌服飾的奧妙。所有的防線和自制就此完全瓦解，買了數不清的口紅粉餅眼影眉筆，鞋，上衣，裙子和褲子，奇奇怪怪的保養品，皮包皮帶絲襪絲巾手錶香水內衣，還到某個知名的沙龍剪了頭髮。第五大道附近的各個巷弄來來回回走了一千遍。

於是第四天我潰倒在她的屋裡因疲憊而昏睡。我有了日本觀光客的心情，相較之下，幾天前的晃盪毋寧比較像都市人類學的田野調查。或許我的生活習性類似長期遊牧生活，只顧看管思想的羊群，適時的逐水草漂移，我的習性揉合專注與閒散，對地緣的認同卻相當游離淡漠——因為我知道一切都是暫時的，我不過是個觀燈看戲的人，我缺乏末日的恐慌，日本觀光客大採購那種密集迫切想抓住什麼的心態使人格外力不從心。

朋友極力推薦我到自由女神像一遊，雖然她自己根本沒去過。這景點我在各種媒體上看得太多太熟了，幾乎是似曾相識的舊地，完全提不起興致，然而我想不出抗拒的理由。我抵死不再逛街，也不太想看大都會博物館或百老匯秀，但是對古根海默藝術館有點意思，也想去中央公園散步。

你真怪。朋友說。

妥協的結果還是，花幾小時排隊等渡輪去愛麗斯島看自由女神像，之後再到中國城吃螃蟹鍋。

女神像比我想像中小很多，而且真的是霉綠色的。

法國人真怪，送這種東西給美國人。朋友說。

海風野大，我們擠在一群嘈雜的義大利遊客和海鷗之間，麥加朝聖團似的繞小島一圈，又排隊搭渡輪返回市區，我再次看見暮色霞光中的紐約，雙子星大廈彷彿兩塊金光閃閃的徽章，驕傲地扣在深藍絲絨的空中發亮。

中國城看來很陌生，可能歷史太悠久了，格格不入，活像鴉片時代掉出來的一段切片。大概也因為如此，螃蟹鍋道地得很，我們連渣都啃得乾乾淨淨，酒足飯飽，心情前所未有的好。

那天夜裡我在朋友家看電視新聞，看見關於反虐待動物遊行的報導。警方逮捕了幾個學生，我很仔細的在螢光幕上搜尋熟識的面孔。

美國人真怪，街上那麼多人快餓死了，他們還替動物擔心。朋友說。

我們聽她收集的光碟，都是多年前的國語和台語歌。談起往事時免不了牽掛未來。

你有沒想過回台灣呢，我問朋友。

以前沒有，這一兩年天天想，大概老了。

這裡到底有什麼好，紐約。

機會多吧，什麼都可能發生。你知道那天我在川普大樓前遇到誰，小學時坐在我旁邊的男生。我以前暗戀他暗戀得要命，結果那天他先認出我來。我連他的名字都忘了。他就那樣走過來，說，你認得我嗎。朋友很興奮地說。

這彷彿是文藝小說或新潮電影的起頭，可是他們連電話號碼也沒交換。恐怕也算是紐約風格的一種，機會太多，什麼都可能沒發生。

離開紐約的前一天我終於如願安安靜靜到中央公園走一趟。池子結了薄薄的冰，野鴨在尚未凍成的水面不太確定地划著。落葉清脆，覆蓋長椅後的草坪，陽光無語，覆蓋落葉長椅及其他一切。空氣很乾涼，我仰面閉眼，這場景好像曾經發生過，在那些曾經駐足觀望落腳寄宿的地方，也許是海德堡，也許是巴黎，也許是芝加哥或台北，也許是夢的迴旋，在從前某一個時空，兵荒馬亂紛擾倥傯之後，舒坦的坐下來，放心且和平，伸展手足，與世無爭。

朋友又說話了，欸，你一張照片都沒拍，像話嗎。

於是在長椅上拍了此行唯一的照片。

我的猶太朋友後來搬到波士頓去學針灸，妹妹也畢業了，而法拉盛的朋友真的回台灣了。我的遊牧旅程還持續著，漸漸朝返鄉的方向行進。

一九九七年六月四・五日 ─ 人間副刊

旅行是一個人性格的考驗，人的弱點在旅行的時候一覽無遺。

旅途上，健忘者丟三落四；失眠者受困於時差；旅館的枕頭折磨認床的人；潔癖的人時時刻刻感受病菌的威脅；戀物者耽溺在免稅商店裡無法自拔；節儉成性的人到任何地方都像苦行僧；失戀者空著一顆心遊魂也似的飄；熱戀者看什麼都美，天地之間只有愛人的眉眼。

有心事的人不論到了哪裡，總是背著許多東西，一個人走來走去，那些東西壓著他，原本是外物，壓久了就成了他自己的駝峰。

我的弱點是，我是個容易生病的人，可是我偏愛往荒野裡跑，所以沒有哪一回旅行我沒病的。客途遇病，山水的意義便不同了，一切顯得更難得。明明是自己不長進，卻也可以趁著病，愴然感念天地之悠悠。

我曾經去過沙漠敦煌。去程的飛機中途停在蘭州休息，十月底，滿城寒涼。從蘭州機場望去，薄冰一般的淺藍色月牙懸在天際，淺淺沙塵遍地如煙。近晚的天空是奧妙的寶藍色，蒙了淡淡的塵，彷彿有莫名的愁腸。我感冒著，也感動著，在蘭州機場吃一碗熱麵，燙得白煙直冒，辣得直咳嗽，直流淚。

敦煌更冷，更灰迷，也更美。白楊樹已經枯了，平野遠闊，落日又圓又紅。灰街。寂道。石板路。從馬路轉進小巷之後，我們在沒有行人的小土路上走，落腳的旅館在巷子裡，看上去非常氣派，前庭有紅藍小燈泡明明滅滅，遠遠的就望見了，落寞的暮色裡因而有一點歡欣的色彩。

巷子底想必是所中學校的後門，此時晚自習下課了，著厚棉大衣披白圍巾的中學生成群騎單車回家，大聲說笑。經過我們的時候，叮叮響了幾聲車鈴。那聲音跳躍而可愛，即使在邊遠的大漠，青春也是一樣的清澈。

冷極了，有些人家燃起煤炭取暖，黃昏薄冷的空氣中瀰漫煤煙又辛又苦的氣味。

「這還不算冷，往後還更冷。」帶路的人如此說。

有人問，為什麼只見到白楊樹。

「這樹容易活。」帶路人的話很簡潔，過於簡潔了，彷彿還藏著別的大道理似的，每一句話都說透一切。他說話有種歪歪斜斜的不知哪裡來的腔調。他說話的聲音、瘦白倒三角的臉形、下垂的眉眼，與這黃昏裡煤灰的氣味非常協調。這樣的臉在盛世裡是一張有盤算的帳房夥計的臉，在荒年裡是絕對會活下去的那種人。

沙漠原來這樣冷，這種冷使得一切都更荒涼，暮色顯得遼遠而且空虛，像這座城不再征戰的歷史，它凍得像古書一樣又乾又脆。時間的消逝宛若細細的沙在風裡吹，是一種緩慢而迤邐的挪移過程，在這裡一個人站在風中，就參與了歷史。

我們參觀了石窟壁畫。我不知道佛教也能夠如此繽紛熱鬧，這些令人懾服的、狂熱大膽的、五彩斑斕的佛國文明，藏在小小的洞天裡，在幾乎被遺忘的沙漠中，秘密地綵帶飛天、倒彈琵琶、騎象散花，在一切都成住壞空之後，在幾乎什麼都沒有的天地間，世代更迭，年復一年，兀自開出慈悲與燦爛來。

市區內的博物館頗為冷清，幾個不甚在乎的玻璃櫃空盪盪的擺著上千年的物品，隨意的程度像是這個城的歷史多得簡直不知從何陳設才好。我看見一袋漢朝的麥子和畚箕。麥子已經死了，但畚箕看起來還能用。

某日下午去了月牙泉。日光刺眼無法逼視，卻依舊不能驅逐寒意。沙漠自有一種光天化日的冷，可是月牙泉附近彷彿有一道無形的幻術界限，幻界內的空氣和土壤溫暖潮濕，像河底的烏黑軟土，一腳踩下去就滲出水來。扶柳迎風，花草繁盛，綠洲是千年以來一直在沙漠裡濕著的一顆凡心。

如果那花草是真，咫尺外高聳的白瑩瑩的沙丘就像幻覺；如果那沙漠是真，腳下蔓生的奇花異草就是最癲狂的海市蜃樓。

那一晚我突然因為水土不服，跪在馬桶邊嘔吐了大半夜，後來的幾天也沒有好轉。病昏了，幾乎真假不分，看諸事如夢，如滾滾煙塵，如花草，如佛畫。

也許這是人在敦煌一定會悟出的道理。

可是，這些都沒有那一次，從芝加哥搭灰狗巴士返回威斯康辛的麥迪遜來得虛幻。

麥迪遜與芝加哥很近，開車兩小時半，幾年來我往返不下二十次，但那一次卻非常特別。

那是我剛到麥迪遜唸書的次年，不知天高地厚以為沒有車也可以在廣袤的美國旅行。那年深秋，我與在芝加哥南邊某小城唸書的朋友取得連繫。那時我們各自遭遇許多不順，於是決定一起到芝加哥去散心，但我得先去那個小城找她。

星期五中午我買了一張票，坐上灰狗巴士。這種巴士外表看起來很閃亮，可是它搖搖擺擺像爵士樂的拍子，是一種極其飄忽不定的交通工具。它晃晃悠悠走了五個小時，每一小站都停很久，並且在郊區的小馬路上堵得動彈不得。等我終於在某個破落的郊區轉車時，該轉乘的另一班灰狗早就走掉了，下一班竟是半夜。

我明白了一個道理，灰狗巴士是窮困的時空經濟，準確和迅速是不必要的，時間大把大把的耗掉也無妨，什麼都不值錢，沒有什麼事需要趕。

我坐在髒亂灰敗的巴士站裡，抱著背包，看外面初冬欲雪的夜晚，越等越冷。巴士站的燈光閃爍昏暗，充塞熱狗廉價的香味和汽油味，薰得人昏昏欲睡，我等著等著，忽然很疲倦，覺得這一切都是徒勞，我到底想逃開什麼呢？這一切的一切都如此難以克服。巨大的現實的空洞將我的意志打垮了，緩慢的時間，遼闊的空間，動彈不得的所有物質，都令人感到虛無。我越等越累，於是我用油膩膩的公共電話打給朋友，說我不去找她了，我只想回去睡覺。

朋友在電話那頭百般說服我，要我再等，但我已經放棄了。硬幣用完我就掛了電話。

我打算買回程票，可是巴士站的職員說：「今天已經沒有回麥迪遜的車了，可是你可以搭到密耳瓦基，再從那裡轉車回麥迪遜。」我不知道密耳瓦基有多遠。他說：「大概明天清晨你就會到麥迪遜了。」他是個看來十分誠懇的黑人老頭，我就信了。

臨上車前，他一邊剪票，一邊意味深長對我說：「一路小心。」

灰狗搖晃至密耳瓦基時已過半夜，那年的第一場雪無邊無際地來了，覆蓋了整個中西部幾萬里大平原。大雪寂寂，映照燈火通明的高樓與空曠的大街，鬼城似的。比台灣還大的密西根湖黑濛濛打著浪。我渴睡得發暈，覺得這真是一場顛倒亂夢。灰狗緩緩搖擺中我終於沉沉睡去。醒來時果然是清晨，我又回到麥迪遜。

我在自己的床上昏睡了一天。

結果那次十八小時的旅程，我除了那個燈光昏暗的巴士站，哪兒也沒去成。又覺得彷彿去了很遠的地方，看到人生的邊緣。

幾年沒去上海，幾個月前因開會去了一趟，發現這個城市更加耀眼滑亮了。它本來有歷史雕琢的斑駁美，現在則像是上了一層亮油，簇簇新，燈火因而更燦爛，人潮也更生猛，這個城像是撲通一下，整個兒醃泡在錢裡面。烈火烹油的，滾燙燙的錢。錢的滋味是辛辣的，嚐過那滋味的人嘴臉都變了，臉上無論何時都冒著吱吱蒸騰的油氣，表情變得飽滿而敏銳，兩頰發亮，氣焰盛極了，嗓門自然也變大了；沒嚐過那滋味的人因為渴望，臉上總帶著熱切的餓，只有一雙眼睛燈也似的亮，他們充滿了希望，左顧右盼，彷彿黃浦江上的風灑了金粉，彷彿他們每天興沖沖醒來，都是第一次見到這鋪天蓋地的似錦繁華。

這兒什麼也不少，什麼都滿了出來，新的和舊的，豪傑或雞寇，鉅賈或平民，錢或汗水，一直滿出來，停不住。它像所有的大城市一樣，有映照明月的高樓和爬行溝渠的螻蟻。滿城的梧桐樹，原本是詩情畫意的，現在無論怎麼看，一張又一張深綠淺綠的葉子鈔票似的在風裡翻過來，翻過去，就是搖錢樹的樣子。那深深淺淺的棕灰色的樹幹就像是鈔票上的污漬，是眾人手心殷切的汗水。

開會的地方在新規劃的區域，整片看去，都是剛剛從農村改建的新式現代郊區，整齊方正，但儘管如此，它還是給人一種歪歪斜斜蒙在馬路的煙塵裡的印象，說不上來是乾淨還是髒亂，走在其中，心裡感覺很不協調，是新的，卻很空無。

這地方離市中心非常遠，到市區得坐很久的車。會議結束後，我和朋友離開了會場，像鄉下人進城似的趕著搭車，東張西望，一路搖晃到黃浦江邊的南京東路廣場上。

黃浦江邊的這個廣場是高樓林立的商業中心，車進不來，全是行人步行區。小小一塊地方擠滿了數萬個像我們一樣來自四面八方的人。

朋友說，欸，想吃餃子。我記得方才似乎走過一家餃子館，轉身掉頭去尋，人潮音浪，滄海一粟，怎樣也找不著了。我們餓得發慌，很快就疲倦了，只能隨波逐流，張望江上的風雲和江邊的高樓，還有高樓下難以置信的滔滔人潮。

我不死心說：「我去問路吧，明明見到的，怎麼一轉身就不見了。」

我隨口就問身邊某個店門口的守衛：「這附近哪裡有餃子館呢？」

這守衛是個非常高大的中年人，雙手環抱胸前，睥睨人群。他微笑著看我，氣焰很盛地教訓說：「到了上海怎麼想吃餃子啊？」

這話訓得也有道理，但是我玩了幾天，已經明白一件事，當今時日，只有錢是硬道理。

所以我撐起場面，仰視他，豪氣干雲地說：「唉，誰天天吃老正興呀。」

他笑了，大概也覺得我有道理，便說：「哪，往前走一點，餃子在對面。」

他指點的這餃子館是家平價連鎖餐館，裝潢和桌椅陳設都是廉價的塑膠品，像一般的漢堡速食店，可是餃子還是論斤兩賣的。點菜的時候頗有江湖豪氣，幾斤幾兩的叫，像水滸傳裡的人。

走出餃子館時已是週末午後四點，陽光雖然弱了卻很悶熱，外頭的人還是餃子似的翻滾，蒸騰。我們想找一家超商買飲料，卻遍尋不著。

我自以為問路已有心得，於是又走向其中一座百貨商場的入口，這裡的守衛身著淺藍的制服，正和朋友興高采烈地聊著天，他腳下的階梯上滿滿坐了幾十個歇息的人。

這些暫歇的人群一看就知道是從鄉下外地來的，因為這些人都盡力打扮了自己，可是都打扮過了頭，像是怕自己不夠份量，所以表現得太多，女人擦了太紅的胭脂，男人穿了太正式卻又顯得寒酸的西裝，過度的打扮反而暴露了他們的拮据。他們手裡提著剛買的大小商品，有的擺姿勢拍照，有的百無聊賴地歇著說話。

我左閃右躲穿過這些人，走上階梯，走向守衛。百貨公司的音樂非常暴烈，我扯開喉嚨，以超過音樂的音量問他：「請問，這附近有沒有小超市啊？」

守衛像是遇見了什麼新鮮事，從頭到腳打量了我，T恤、破牛仔褲和爛布鞋，他彷彿在心裡掂我的斤兩。

「買什麼呢？」

「買水。」

這個答案不像剛才那樣有氣魄，我在他眼裡比剛剛還更矮了一截。唉。也許自古以來，所有衙門王府的門房都有相同叫人自慚形穢的本事。

然後，他指著對街一排臨時搭起來隔離建築工地的薄木板牆和一小扇鐵柵門，說：「看見那個小門沒有？你穿過那個小鐵門，走過去，就有一家小超市了。」

我道了謝，正要回頭下階梯時，只見四周原本或坐或站看似休息的這些外地人，忽然都站起來聚在我身後，紛紛向這個守衛問起路來了。

原來同是天涯淪落人。在這個徬徨雜沓的黃金路口，問路也需要一個有膽子先開口的人。我聽見那個守衛耐著性子，一一給了指示。

我和朋友穿過人潮，過了街，從工地木板牆之間生鏽的鐵柵門鑽過去。

朋友說：「這門看起來不太歡迎外人，會有人攔住我們嗎？」

一過了那門，是另一種景象。

一切忽然靜了。

門後的小街灰暗空洞，不知從哪個工地裡溢出的塵土使得兩邊低矮的房舍看上去更髒敗。這路彎彎曲曲，兩旁人家傾倒在門前的水散出令人不舒服的氣味。路邊也有梧桐樹，可是極瘦，蒙了塵，營養不良。小孩在路邊啜泣，奶奶在門前打盹，婦人騎腳踏車載貨，工人三三兩兩走來走去。雜物堆在路邊，衣物晾在塵埃裡。

背後幾呎之外就是寸土寸金的繁華市廛，這裡卻尋常得令人大夢初醒。我們像是從金碧輝煌的歌劇前台胡亂闖入不堪聞問的真實後台來了。這落差太巨大太戲劇化了，我們怔怔的說不出話來。

就這麼惶惶然不知身在何處走了一段路，景象越走越貧瘠，我開始感到不安並且疑惑我自己也許聽錯了，然後我們就看見一個沒有開燈也沒有冷氣的，像是打烊了那樣暗濛濛的小超商。

但是它如假包換是個超商沒錯。

我買了水，朋友買了煙。我們無言靠在路邊的鐵欄杆上，很累，靜靜看那江，看身邊的梧桐，聽大街上恍若隔世的市聲。朋友點一根煙，說：「一門之隔，社會矛盾。」

經過我們的路人怎麼看都不像上海人，至少不像外面那些人。可是他們確實是上海人，像是在這門後住好幾代了。

他們很靜，很慢，一切都不疾不徐。不知有漢，無論魏晉似的。

一個老先生穿著汗衫，叼根煙牽了腳踏車，車後不知載了何物，寶貝地蓋了一條花布，小心翼翼扶著，看起來像是一籃子菜。

一個孩子渾身是泥跑了過去。一個婦人追著他。

一對民工似的男女手牽手經過我們。這兩人都極髒極髒，髒得難以形容，他們髒到怎麼也看不出年紀的地步，也許十幾，廿幾，也許卅幾。他們曬得很黑，頭髮糾結，蒙了一頭灰。大熱天還莫名其妙穿著毛衣背心和呢外套，衣著襤褸得沒有季節，幾乎要讓人疑心是乞丐了。但是兩人之間的某種氣氛又不像乞丐，因為他們看起來實在是，太快樂了。

這女的比男的高些，胖些，她一路走一路笑，高聲說話，男的就只是縮著肩低著頭，面帶恍惚的微笑，看著空虛中的某一點，一心牽著女的手走路。要不是臉上的灰塵和日曬，他肯定是紅透了臉。

他們的肩膀被生活壓得歪斜了，面目也憊癩難辨，可他們雖髒且窮，那笑聲卻十分爽朗。

他們不是上海人，不知是哪裡來的，講話有個奇怪的口音。經過我們的時候，我聽見了女方說的話，雖然有口音但還聽得懂：

「現在啥也別說了。」

男的迷離笑著，點點頭。

女的繼續說：

「等我們存了錢，一塊兒回老家去，晚上一起看星星，啥都不想，啥都不愁，多開心。」

我心口發熱，大受感動，一句話也說不出來。朋友也聽見了，皺著眉，又笑，又嘆氣。我們原已無言，如今更是忘言。

在這城市的底層，在看似最貧困最無望的人身上，我意外發現真的有錢買不到的東西，它以如此巨大的社會矛盾顯現，無力回天得讓人心痛。但是它又超越了一切的物質條件，這麼單純，這麼卑微，這麼美。

身分

曾經有幾個場合，身分問題在我腦子裡翻騰，像個沉寂多年突然發作的熱病。

我如此大膽以疾病做為身分的隱喻，因為它使我一反常態的發熱、激動或害怕。奇怪的是，這幾次發熱或恐懼都和省籍或認同政治沒有什麼直接關連。在省籍政治裡我可以非常安然拿出戶口名簿籍貫的彰化市作為屏障，理所當然宣稱我的存在是有百年的在地歷史做後盾的；在認同政治裡，有更多的理論提供發言立場，可以讓人機警地找到可攻可守的位置。

所以我和台灣百分之八十以上的人一樣，能夠非常奢侈，不必擔心省籍、認同或者政治變化會危害我的生存權。

我的身分問題反而來自土地和血緣。土地和血緣其實未必如很多人想像的那樣與認同有自然的關係，這關係其實一點兒也不自然，只能說是「被合理」了，或者說，這種聯想在「政治上很自然」，可是政治和自然這兩種觀念根本是互斥的。

我曾在美國北部冰天雪地的小城留學七年，這漫長而且死氣沉沉的七年悶出許多不忍卒睹的回憶。我最後終於拿到學位離開時，曾咬著牙對漠漠冰野發誓，如果今生還會因為任何不得已的因素回到那小城，我的人生必然失敗。

在那七年裡，我將台灣剪貼成一組美麗的記憶，清爽的七夕夜晚穿著拖鞋去夜市撈金魚，中元節的黃昏家家戶戶燒紙錢的煙霧，中秋節坐在院子裡桂花樹邊冰涼得發痛的石椅上，烤肉吃月餅，除夕午夜放鞭炮的火花和硝煙味，梅雨季裡芭蕉抽芽的青綠，夏日午後大雨過後，空氣中瀰漫的土壤的氣息，鳳凰花裡的蟬鳴像整座山都在呼喊，深夜紡織娘的低鳴像星星轉動的聲音等等。想到這些鮮明的片段，異鄉的清教徒文化那種拘謹冷淡和北地荒野似的空乏就無法打垮我。

可是我同時也知道，有些朋友剛好反過來，離開台灣時他們發誓再也不要踏上這島，如果他們還得再回來，表示他們沒有成功。其實我對這種破釜沉舟的抱負也不吃驚，幾十年來持續進行的移民風潮使得大家都明白，想要離開這個社會的原因不論是教育、治安、經濟或政治，都理由充分。有些朋友移民北美或南美、紐澳、東南亞或日本，有些成果輝煌嫁到歐洲大國去，而這幾年甚至移居上海和香港的人也洋洋得意了。我明白他們的心情，可是我還是想回來。朋友說我不理解離散理論，他們說我有原鄉情結。

剛開始我還否認。初抵美國中西部大平原時，沒有邊際的地平線簡直如永恆一樣讓人懊惱。我買了一輛腳踏車騎出小城，在完全沒有山緣或海線的地景中前行，兩邊的玉米田一再重複像那種不斷跑回原點的惡夢。我很快就迷路了，我以太陽的方位判斷方向，可沒想到北地的太陽始終是偏的，我可不能等到夜裡星星的出現來引路。

後來指點方向的老太太問我怎麼迷路的，我說我來自多山的海島，習慣以山和海的位置為指標。

另一次和兩個美國朋友去看實驗電影，那電影拍得很實驗，主題恐怕是人生的意義，但也很有可能是其他的玄機，我們都看得一頭霧水。

我正昏昏欲睡時，一個海洋的鏡頭彷彿一道強光刷地打散了我墮落的睡意。

我指著銀幕對旁邊的朋友說：「嘿，那是台灣。」

兩個朋友，一個來自蒙大拿，和一個紐約猶太人，都說：「你確定嗎？這是有關加州的電影。」

但那個鏡頭絕對不是。

那海水漾動的姿態和浪花拍打的形狀，雲層堆積的高度，陽光閃爍的方式，青空的藍度，花崗岩烏黑的色澤，波浪的聲音和頻率，荒草之後木麻黃灰敗的表情，我記得如此深切，我夢過許多次了，每次我都不想醒來。我甚至知道影片無法傳達的風的鹹味和沙的溫度。那不會是別處，不是全世界隨便一個海岸，一定是台灣東部而且不是花蓮或宜蘭。

我全身發熱，眼睛也熱了。是台東。

一直到電影結束我都發熱病似的，非常激動堅持那是台東，朋友也開始動搖了，我們瞪著片尾的一長串拍攝小組名單，直到發現一個拍攝小組果然負責台灣台東，我們全傻在座位上。這導演根本不是台灣人，電影劇情也和亞洲一點關係都沒有，竟會無緣無故出現台灣的海濱鏡頭，而我竟然憑那兩三景就可以確切指認拍攝地點。

朋友問我為什麼。

「因為我是台東長大的。」我說。

那是我第一次明白「原鄉」情結是怎麼回事，家鄉土地的決定性意象，在身體裡牽動許多記憶的初始與回歸。

雖然我朗朗將這「台東長大」句話說出來，可是在台東長大曾經是個受到嘲笑的背景。這種困難與省籍意識那種標籤式的憎恨非常不同。我北上念大學時，最常被問到的幾個問題就是，「那裡有電嗎？」或，「你爸爸是酋長嗎？」或，「你考大學有沒有加分？」等等。我必須假設這些問題是誠實沒有惡意的，同時發展出幾個公式性的答案。

我後來發現，那種帶著都會自大態度的人，其實只是要展現他自己從沒去過所謂邊遠地區這種莫名的文化優勢，以他對台北之外的無知為傲，彷彿這種想像的優勢可以使他和台灣過去的貧困脫離關係，並以一種超越的立足點俯視他想像中未開發的蠻荒。換句話說，因為我被想像成歷史中的野人，他才得以藉此切斷他與台北之外的台灣鄉村的關係，證明他是文明的台北現代人。

「可是台東不遠哪，台灣這樣小。」我說。

得到的答案是：「沒有麥當勞的地方我都覺得遠。」

雖然台東也有麥當勞，我父親正好在台電上班，而且我考大學也沒加分，但這不是什麼挾洋自重的發展指標競賽，我通常還是結束談話免得我把薯條丟到對方臉上。

有時候，不熟的人剛發現我的成長地是台東時，會面帶疑慮地問我：「你該不會是原住民吧？」我完全理解那種疑慮和小心翼翼的口氣是為什麼，彷彿不妥當的異質存在是個需要小心處理的話題，而那否定問句的文法也著實顯露他的族群不安。如果我是原住民，也許話題就此陷入沉默，而他們的認知會失衡一點，可是，「很不幸，我不是。」我會微笑的這麼說，就此略過那塊土地上原漢之間血淚斑斑的過去。

初初北上那幾年我實在不能明白，這麼小的島，繞一圈只要幾天，南北問題和前山後山之分竟以如此無知的方式一再複製，並且以這樣橫霸的態度拒絕承認。現代化對於台北而言是個著急躍進的過程，台北只想跳入世界，台北之外的台灣於是成了尾大不掉的落後累贅。如果可以，我相信有些台北人會說台北和台灣沒關係，反而和美國有關係。然而，每年除夕夜台北就幾乎成了空城，一半以上的人口都迤邐著車尾的紅燈，在推推擠擠的公路上排成貫穿南北的大車陣，從每個交流道南下返鄉。

另外一個朋友告訴我他的身分困擾，他去參加某個國際性的台灣問題研討會，會中多數的人以台語和英文發表論文。朋友不會講台語只好以國語交談，他因此受到與會人士的指責，要求他用母語發言，朋友便沉默了。

我說：「哎，你應該告訴他們你是客家人的。」

朋友說：「他們難堪之後只會更恨我而已。」

我們都嘆一口氣，話題也就陷入沉默。

我能夠體會這種必須閉嘴的場合，尤其是近幾年文化哈日風和政治親日議題喧鬧不已的時刻，我都再三提醒自己閉嘴。我母親的母親，也就是外婆，是日本京都人。我忽然間被迫重新思考這個事實。通常在沒弄清楚交談者的政治立場之前，我絕不輕易洩漏，以免對方難堪。我從小就知道外婆是日本人，她和外祖父抱著小孩從滿州國的大連逃到台灣，所以我的母親是中日混血的外省人。直到這幾年，這事實逐漸轉變成別的意涵，我也才明白這逃過難的血緣有許多附加的政治意義。

台灣的戶籍系統一向以父系認同為標準，我可以不假思索省略母親的系譜，而母親也可以照樣略過她的母親，這一切被刻意忽視之後我們的標籤會更安全。我們可以很盲目地把母親從我們的身分之中流放，讓她們繼續在戶籍系統中躲起來以免災厄。

女性的存在和來歷一向都無足輕重，她們的經歷和身分只有從一個父權系統轉到另一個父權系統時才有意義。在目前幾乎有著血緣狂熱的台灣社會，在這個身分問題全靠血緣和戶籍解決的時刻，我時時告誡自己應該噤默不語，藏匿這兩個至今仍然在我血緣之中輾轉逃難的女人。

其實我早就無知地這麼做了，我常常忘記母親是外省人，母親因為各種文化交織的家庭因素，中文台語和日文都說得不太標準。而且我知道父親也完全忘記了，父親在看時事評論的叩應節目時，總是情緒激動大發脾氣，感嘆台灣一天不如一天，有時候過度焦躁氣急了乾脆說：「那些民國三十幾年才過來的人，把他們都送回去算了。」我們全家坐在客廳裡吃水果，絲毫不以為意，母親突然說：「啊，那我怎辦？」

我們全都愣在沙發上，我們都忘記家裡只有她是逃過來的。

父親尷尬地說：「好吧，你就隨便。」

種種因素使然，於是我就成了帶著原鄉情結而且發著熱病的沉默者了。

後來，我在台北居住的總年數前後加起來終於超了過七年，超過在美國那鬼地方居住的年數。在台北，人為的混亂當然很多，下雨的時候也實在很多，造成更多的混亂。有個下雨的午後我和朋友從某個氣氛火爆的台灣史研討會淋雨走出來，全身溼透站在路旁，剛好聽見店家裡的收音機在報導某種疫病的災情和土石流等等。

我忽然問朋友：「你覺得當年那些祖宗們為什麼認為到這裡來是個不錯的決定啊？是誰想到的啊？」

朋友說：「他們當初沒什麼選擇吧。而且他們也沒想到我們會搞成這樣。」

人說都市的時間流逝得無常，我卻活在奇異的緩慢裡，白駒過隙如果要形容時間飛逝的感覺，那很顯然我的白駒卡在那縫隙裡了。台北的夜晚如果不開電視，我就無從判斷夜的長度和深度。有時候，在失去時間感的晚上，我會想起在他鄉時曾經幻想過的那些台灣意象，如今回想起來十分奇特，竟然帶點異國風情。我想我失落的不只是原鄉，我面對的是更大的空缺。

精密的時鐘、龐大的機械齒輪、生產線永不停息地運轉，人們如螻蟻般擁擠而且渺小，個別的身體微不足道，個別的意志經常遭到擊潰。這《摩登時代》意象幾乎代表了卓別林對二十世紀初社會狀況的觀察和體驗，這個荒謬又悲哀的現代電影描述了工業社會的大結構，以及多數人如何跌跌撞撞追尋個人的幸福。

初看這部電影時我太年輕了，當時的我只是不知天高地厚整天作夢的大學生，我朦朦朧朧在電影理論的課堂上，聽留學法國的老師講解它的主旨，並且在心中對社會產生一知半解的反抗。

其實當時的我們不過是為自己描繪一個必須打倒的怪獸，說它是一個壓榨剝削的社會也好，說它是一個禮教吃人的社會也好，說它是極權腐敗或貪婪沉淪我們也同意，我們需要一個可以打倒的共同敵人，如此我們就有了共同的理念。

這是一種極陌生又極刺激的革命情懷，一種頂天立地的破壞與建設，我模糊感到我屬於一個社會整體，我又痛恨它，又摯愛它，又想脫離它，又想改變它。

那堂電影課我沒有修完，後來我一定是忙著搞什麼革命反抗的學生活動去了，我真的忘了為什麼。

幾年後我又重新遭遇這部電影，一樣在課堂上，不同的是，我已經萬般寥落地在美國的研究所唸書了。我聽著英國來的老師和來自各國的同學討論這部電影。它處理了現代性的問題。它嘲諷工業生產方式。它描寫人追尋自由幸福的意志。它控訴支配。這些我都聽過了，我都同意，我沉默。

老師問我的意見。

我只好老實說，我想到革命，以及革命為什麼失敗。

老師說，這是絕好的理解。然後課程就轉到現代主義的夢想及其失落，那些關於進步的夢，那些接踵而來的工具理性的鉗制，那些想像中的普同性，那些傳統的消逝，自我實現與自我壓迫的機制，以及其後更多的批判理性，更多懷疑精神與個人質素的改變。

我因而想起火車，而非時鐘或齒輪。

十八歲那年我離家北上求學，我坐在自強號火車裡感到前所未有的激昂，那激昂如同幾年後我在街頭與萬名學生一同示威的心情，也如同更晚幾年我坐在聯合航空飛向美國的心情。

我很小就坐過火車，然而沒有哪一次像十八歲那次一般具有深遠的意義：這是一股龐大不可違逆的機械力量，它將帶著我奔向未來，它如此專橫即使是母親的眼淚和家鄉的山與海也無法阻擋，我乘著它和它發出的喀隆喀隆金屬聲響，一起劃過寂寥的水田，穿越無明的山洞，奔向台北。我的家即將成為往後我口中的「家鄉」，它必然成為過去式，我將不再擁有它，又或者，唯有將它拋在身後，我才會徹底擁有它。

在台灣，火車本是鄉下地方的日常景觀，一百多年前它也許是現代化的象徵，然而對於許多小鎮的孩子而言，糖廠的火車載甘蔗，煤礦的火車載煤，林班的火車載原木，牧場的火車載飼料禽畜，這些川流不息的運輸，天經地義得如同河流從山谷流向海洋，如同頑皮的男孩子必定在放學後到鐵軌上去撿石頭一樣。它原是推動生產、運輸、速度與人口流動的交通機械，但是我們自幼與它相熟，我們向它招手，向它微笑，尾隨它奔跑，朝著它扔石子兒。有些同學被它輾死了，血灑在鐵軌上，有些同學天天乘它上下學，熟知它的班表和機員，天天在火車上背英文單字，談戀愛。

所以後來看侯孝賢的《戀戀風塵》時，火車在電影裡的情感叫我感動莫名，那是一種溫潤的現代體驗，是流動的，卻有恆常的回歸，它看來那樣稀鬆平常，如同鄉野生活視災厄為注定的天意，也如同歷史的書寫將變動和意外詮釋為規律的模式，並且視為線性的必然。

然而這樣悠然的律動並非現代經驗之絕對本質，它畢竟是變動的，它總是不斷追求，除舊佈新，不斷否定與自省，在參差的反思中否定自我，定義自我。它大刀闊斧的砍伐古厝，不知疲憊地追著空中樓閣。什麼也不怕地向前追尋浩浩未來。

正如同十八歲那年我迫不及待跳上火車，拋開家鄉的一切，這種急躁猛烈意欲否認過往的心情，一如幾年後示威的心情，一如更晚幾年飛離台灣的心情。

那種拼命向前飛撲的意念大概是一種損耗。後來，我唸研究所唸出胃病來了，這個病迫使我離開美國返回家休養半年。那半年裡我過著魂不守舍的日子，天天關在小城山腳下的家裡二樓書房，念英文書，寫英文作業，並且勉強以原始的網路上英文網。我沒有氣力或意願面對那些恍若隔世的山水日色，我曾以為我夠叛逆跑得夠遠了，誰知道還是回來了。我人彷彿在這兒，心卻不知跑那兒去了。

某一日午後，我緩緩爬上市中心的小山，這座小山腳下有一節廢了的鐵軌，正是我自幼非常熟習的平交道。山的頂巔可以看見整個城鎮，勉強可以看見我家的頂樓，和不遠處的婆娑海洋。

站在這座城的制高點上，四下無人，只有風聲疾疾幾乎讓人耳鳴。

然後我看見正在這個山坡下，原來是鐵軌但如今改成購物中心和超市的地方，緩緩地，近乎莊嚴地，巨型的起重機立起一個擎天高的招牌。我駭然睜大眼睛，屏息看著。

那是麥當勞的金色招牌。

竟然就在我站在高崗上向下望之際，離我非常近非常近的腳邊，一片靜默之中，像啟示錄一般，我獨自目睹了這現代性的剎那。

一個麥當勞分店此刻成立了，定義了這座城的消費習性，改變了這座城的景觀。我知道它從此不一樣了。

當晚父親在飯桌上談起麥當勞。隔一個星期，我陪媽媽去買了薯條和雞塊。我自然一點胃口也沒有，因為胃病，也因為離家的這些年裡，麥當勞實在吃膩了，它已經變成萬不得已才塞進嘴裡的東西了。

這也是恍若隔世的改變。

我十幾歲時曾經非常嚮往麥當勞，在台北第一次走進麥當勞時滿心的緊張和期待，反覆琢磨該如何熟練地點餐，我記得紙包著漢堡的滋味是那樣新奇，薯條的脆度和油膩味多麼引人。吃了它們彷彿就被應允進入一個充滿速度和簡單物品的未來，那個理想的未來裡有制度化的一切，看起來彷彿是民主精神的體現，所有的問題都一定有一個量化的答案，一個人只負責一件事，只有簡單明瞭的公式，人人平等，一視同仁，沒有胡思亂想。

當然，我們幾乎立刻學會了它的一切規則，並且佔據這個看起來清潔美好有效率的自由空間，天天在那裡約會唸書寫功課。正因為如此，它的國際光輝在日復一日的蹉跎下逐漸磨損了，它的塑膠桌椅因為年歲而發黃，它的廁所像台灣所有的廁所一樣會漏水、馬桶不通，它像所有的公共建築一樣散發廉價的清潔劑的味道。這個代表全球化的消費指標就這麼被我們徹底在地實踐了，在物質束縛的條件之下，在全球與地方的交互影響下，我們選擇了消費式民主，從而視麥當勞為理所當然了。

如今它失去了不起的光輝，變成了大眾消費的選擇之一時，它不再具有無法擋的現代魔魅，我們感到它的俗常而非夢幻，我們於是吸納了它。

那命定的午後，它恰如其分在我腳下默默升起。我站在原地俯視它，看著它融入小城的座標。我彷彿一直都認得這個景象，它看起來又新又舊，在陌生新奇中帶著熟悉。

我想起班雅明提到現代性是憂鬱和理想的並存，現代性向我們投射湮遠古老的目光，並且在歷史中無止境地上演這魔幻的新舊幻象，每一刻都是永恆，也都是現在，沒有新的可能，只有無限的自我重複。他說，「這種無望的屈從，便是大革命家的最後遺言。這個世紀並未以新的社會秩序來回應新的技術可能。」

後來，我回到美國繼續未竟的學業。一九九七年王家衛的《春光乍洩》在美國放映，我在美國戲院的大銀幕上第一次看見了台北的捷運，它看起來那樣清潔、快速、有效率、有秩序，它穿越台北最瑰麗的夜景，加上高亢快樂的配樂，我完全不認識了，像是改頭換面的老朋友，發達了，於是變得光鮮自滿了。它越來越像台灣的某種自覺性的封閉和潔癖，兀自在消費的霓虹與結構高樓間穿行。

我感到充滿張力的那個台北似乎已經繳械馴化了，它將自我實現的夢想轉化為自我壓迫的機制。個人的無意義感取代從前那種飽滿，街景和商品的流動已然成為一種疏離卻又共享的存在經驗。如果沒有這樣擁擠的人與商品，這座城市不知道還剩下什麼呢？

回國後我也漸漸變得馴化了，時常獨自在街頭張望，走來走去，或者一個人半夜去看電影。有一次，我去看某個不怎麼樣的歐洲片，電影正式開演前放了蔡明亮的《不散》的預告。一首歌的長度，閃現老戲院的幾個空景。歌婉約，景破落，人孤獨。預告放完我的眼淚就掉了，荒涼的心情一如《你那邊幾點》。後來跟著放的歐洲片我看得矇矇朧朧，它怎麼看，都像是那預告片的註腳而已。

不知為什麼，台北的空景總是格外的蒼茫，眼淚不自覺掉下來。也許是電影道出了時代精神的毀壞，暴露了當今困頓的文化底層，也許是我在這樣荒原瓦礫的景象裡，看見了不忍卒睹的，夢想的幻滅。

無關電影的回憶

還在唸大學的某一年秋天，我剛剛開始學德文。剛開始學任何東西總是滿腔熱情，於是那一年的金馬影展期間，我每天跑西門町等著看德語片。

當時我對德國文化的理解除了巴哈、歌德、和赫曼赫塞（他是我想學德文的主要理由）之外，幾乎一無所知。那一年影展正好進了幾部法斯賓達和荷索的片子，我在毫無心理準備的狀況下，把這些片子全看了。這兩個導演的片子充滿社會意識和批判，充滿壓抑、絕望或怪異的角色，我受到很大的震動——原來德國文化也有這樣困頓和黑暗的面貌。德國這個從二次戰後的廢墟中重新出發的社會，完全不是想像中那個理性平和的烏托邦。

金馬影展在冬天，總是非常冷，看完德國片我感到更冷，更昏亂，滿腦子都是想法卻又沒有頭緒，有時候完全不明白導演的意圖，卻又感到莫名的激動，我腦子裡舊有的世界秩序和理解被挑戰了，被瓦解了，一整個未知的世界在我面前發生了，但是它沒有光明，只有更多渾不可解的謎團。那些日子我懷著這些混沌的情緒坐公車回宿舍，路程感覺特別顛簸漫長，像我的心情一樣起起伏伏，一樣坑坑洞洞。

等影片的空檔裡，我有時會自己坐在西門町圓環的麥當勞混時間，有時就只是發呆。那些發呆的時刻不知怎麼也有某種昏亂的質地，不斷有老先生走過來搭訕，或是有工作人員走過來趕人，我只好到處徘徊，這裡走走，那裡看看。平常的日子這種事非常惱人，然而當時我心裡閃著電影的幽暗靈光，我從另一個角度旁觀這一切，這些難以安歇的片刻就非常像藝術電影的荒謬情節。

有幾次因為記錯場次，沒有德國片，就看了法國片，楚浮的電影就是在這樣的狀況下看的。懷著德國電影有稜有角冷酷強烈的背景意識看法國片，那真是，難以言喻的夢幻。

當時我曾經試著把看過的電影內容和感想寫下，不過這些紀錄都無法超越那種懵懂和迷惘，能夠記下來的其實非常少。過幾年，我就發現那些筆記完全不知所云，再更長幾歲之後，我更發現當年我不但不明白那些電影的意旨和歷史意義，我連關鍵鏡頭的理解都弄錯了。

儘管如此，我非常懷念年少無知時那種渾沌與不安，那種被挑戰、被瓦解的混亂感，那是意外的文化碰撞，是激越而透徹的思想對話。正是經過這樣的翻攪，我將舊的框架拆除了，新的視野出現了，我極目四望，那一片光影紛亂的銀幕之後，我原來不知道的世界靜靜地靠近我，向我展露驚人的力量和深度。

蛤蜊的氣味

有這樣一種聲音，這樣一種味道，這樣一種場所，我決不錯識，我掩目遊走依舊瞭然於胸，我幾乎可以鐵口直斷那裡面一切的隱私與危難，直言無諱那爆裂或滌淨，那庸碌與勞動，那紛亂，那秩序，與傳承。

廚房。極其私密宛若魔術師的大箱子。赤手走進去，搖一搖，跑出一些原本不存在於那時空的物品，也許是薑絲蛤蜊湯，也可以是一盤蛤蜊義大利麵。廚房也極其危險，宛若魔術師的大箱子。身處其中，隨時有六把刀子的血光之災，也有一把火的焚身之虞，更有可能碎碎平安許多物品，使他們從那空間裡憑空消失。

廚房裡的活動多半不可遲疑，仰賴既快且準的刀法和火候，剔淨，割離，切斷，剁碎，拍軟，炒散，蒸透，燉爛。人說灶王爺是被派來觀察每戶人家的駐地單位，我總覺得他像是被下放前線，隨時得提防著被潑一身水，或被濺得滿臉油。我想像中，他是有點憊賴，油光滿面，身上淨是油煙味，無可奈何靦著臉笑，一肚子委屈和閒話，也難怪他回報天庭時非得嘗點甜頭封嘴不可。長年蹲在緊湊的廚房裡，水裡來火裡去，他所窺探到的生猛人世，應該和供在巍巍大堂裡的那些莊嚴的神祇大不相同吧。

我小時候很少進廚房，與那陰暗潮溼的小空間長期絕緣。這也許出自我母親的某一種不切實際的期盼，或者是她更深切的另一種疲憊使然，她會說：「你還進來幹什麼？你不知道女人在廚房裡已經幾千年了嗎？」母親將我與廚房的勞動做了明確的隔離，一方面是夢想的縱容，一方面是嚴厲的養成訓練。她始終處於一種亙古的兩難，她不希望女兒留在廚房裡，但她也不希望女兒離廚房太遠。

這一進一出拉扯的力量最後以太極的方法解決，母親控制火，我負責簡單的水。廚房不外乎水火。

因此，於我而言廚房一開始是個洗東西的地方，我除了洗米洗菜洗碗之外，不曾真的學過任何一種進階烹調。我只玩水不碰火。

但是母親喜歡我站在廚房邊看她做菜陪她說話，我們的對話總在排油煙機轟隆隆的聲音，菜葉快炒時清脆的爆裂聲中進行。鍋鏟刮過鼎鑊，大同電鍋熱切冒著白泡沫，剁雞鴨時砧板發出悶響，水龍頭的水俐落沖洗小白菜，大蒜在熱油裡刻不容緩地蹦跳著，而且，永遠有一小鍋生蛤蜊，泡在水裡，發出些微的腥味，總在幾分鐘之內變成薑絲蛤蜊湯。

母親的矛盾以及廚房的徵結，於是以一種極微妙的形態貯存在我的記憶裡，那是火的聲音和水的氣味。還有不可或缺的一幕景象——緊閉的蛤蜊靜靜地躺在水裡吐沙。

我的問題從蛤蜊開始。

它是我第一道學會的熱食。配料極簡，米酒，鹽，薑，蔥花，麻油。

我不知道為什麼家裡固定要有薑絲蛤蜊湯。即使已經有了別的湯了，這薑絲蛤蜊湯也從不缺席，它的等級和米飯一樣不可或缺。晚餐有兩道湯可食幾乎被我視為理所當然。因為它如此密合於我的生活與記憶，長大後，我將之視為感情的試紙，可以一起從鍋裡舀一杓薑絲蛤蜊湯來試濃淡的人，必定是真心的人。

然而蛤蜊湯雖然簡便，蛤蜊卻是個難伺候的東西。狀態好，色澤豐美的健康蛤蜊，好好洗淨靜置，則吐沙的速度奇快，鍋中水的流動歷歷可見，旁觀者可以感到它們也和人一樣，想把悶積在肚子裡的沙粒清除，誰也不願磨出一顆真珠。有些時候，蛤蜊們鬧脾氣，緊閉著殼不放，堅不吐沙，完全抵抗自來水和鐵刀，這時就得在冰箱裡鎮個一兩天。因此，我自幼對於「含沙射影」這個成語有個無法抹去的成見，以為它若非指涉某種廚房動作，則必定是與貝類生物有所關連。

更不能忘的是一些偶然的不測。蛤蜊自暴自棄地死了，大剌剌打開貝殼，露出一切的內容，並且散發腐敗、癱軟的異味，聞著像收攤後的傳統市場。這個令人神經質的味道簡直繞樑數日，它等於是廚房最黑暗最不堪的代表，蟑螂等輩都還不足以與之抗衡。這個味道每每直驅我對廚房最不能忍受的部分，那些匍匐的危險與錯誤，吞噬與嚼食的欲望，不能饜足的饕餮，週而復始的掏空與填滿，洗不完的碗和米，冬天凍裂的雙手。

蛤蜊提前死亡，來不及變成食物，更加點明它原來不是食物的事實。

我始終覺得一道菜買回來不能立刻下鍋，而得養它一兩天，等它心情好了，髒東西吐淨了，只需三分鐘即可取其性命，真是人心叵測。

後來，我離開了家到異地求學，如母親所期盼地完成所謂的將來。由於孤獨使然，離家那些年裡我竟然天天下廚，而且我竟然只喜歡做菜而不喜歡洗碗。我還是向火那一邊靠攏，怕了水。

我簡直是以廚房做為離家的開端，我一度離得非常遠。我似乎一踏出家門就進了廚房，就進入一個孤獨的魔術世界，我學會將許多物質與氣味召喚到世間，又讓許多物質與氣味消弭無蹤。我辛勤演練我的魔法，蒐集並修訂我的食譜，作菜除了殺時間之外，還可以將北國空闊的孤獨一併驅逐殆盡，因此我最偏好曠日廢時的菜色，其中之一是必須把一切材料慢慢切成細絲的炒米粉。

那孤單的幾年我水火兼治，距離廚房最近，卻離家最遠。那些年裡我彷彿發現新的人生哲學，我從繁瑣的泰式料理到細膩的上海小點都試過，川菜台菜如數家珍，各種異國風味的菜色如匈牙利雞，墨西哥牛肉湯，義大利迷迭香麵包和英式蜂蜜蛋糕都是家常練習，但是我從沒煮過薑絲蛤蜊湯。一次也沒有。它是一種家的指標，而我一心只想遠走高飛。

從國外回來之後，雖然不與母親同住，卻仍然感覺回到了家。我的廚藝旋即一日千里地退化到最原始的狀態，完全忘了北國那幾年的烹飪狂熱。我一再演練的奢華的食譜煙化成一場五顏六色的夢。那些廚藝精湛的日子荒謬得像人生中一個莫名其妙的插曲，與其他的脈絡完全無關。

回來後武功盡廢，我竟然連一道菜也記不得。所有的步驟和密訣離我十分遙遠，一不小心我會以為那是電視上看過的，而非自己真的做過。我日常飲食依舊如少女時期一般簡便，嗜食統一超商的三角飯糰加養樂多，並以此怡然自得，水火無涉，而且我漸漸養成在平靜的廚房讀書的習慣。

可是現在我偶爾會煮薑絲蛤蜊湯，逛超市時見到好的蛤蜊，會因之駐足。

有一回，我打開冰箱查看前一天泡在水裡的生蛤蜊，卻發現有一些已經開口了。我將手伸進冰涼有腥味的水裡，撿起死了的幾顆。那些開口的蛤蜊散發可怕又熟悉的味道，並且一覽無遺攤開它們的內臟，柔軟乳白的心在水裡漂搖。

這灰敗可憎的氣味，我記得這樣清楚。它在我腳邊身旁嗅著竄著，跟著我，從幼年到現在。

我將殘存的蛤蜊在水龍頭下洗了又洗，直到那氣味淡去。我又洗了那容器，洗了水槽和流理台。我讓水嘩啦嘩啦地流，腥味不見了，可是我不斷聞見廚房的味道。那是水和洗碗精混合了食物的味道，像頑固的灶神盤踞在廚房裡，在不知哪個角落踱步。

我怎麼洗也不能把廚房的味道洗掉，我洗著洗著，突然確切感知自己的存在，而且每一件過往的事物如此貼近踏實，彷彿我向來都在這裡洗著一切，我幾乎記起今生所洗過的每一隻碗的花色，紋路，質感和缺口。我感到這流動的水味，和並不存在的火聲。我模糊想起做菜的留學生涯，一個人在廚房裡熱切操控著火，一個人靜靜吃掉，一個人洗碗。我說不清我究竟想避開什麼才那樣狂熱。我又想起我幼時多麼厭倦洗碗這種一成不變的勞務，我依稀看見老家滑溜的水槽。我想起薑絲蛤蜊湯，我想起母親。我於是有點兒明白了，沒有蛤蜊的廚房，就不算家。

蛤蜊張開它們的貝殼，我像水一樣被吸納，又如沙一般被吐出。

我感覺灶神在我身邊哈氣，這召喚往昔的氣味。他蹲在廚房裡等著的好戲，不外乎是這種時刻。人世裡不期然的交疊循環，有意無意的，混亂中的秩序，裂縫中的銜接，某些主題貫徹或演繹自我，某些詮釋他人。我用開水將死了的蛤蜊燙過，裝入塑膠袋綁緊，扔進垃圾桶。那氣味仍然游絲般浮著，我知道它很久都不會消失。我開啟爐火，預備煮一鍋湯。

在客廳睡著

這個夏天，我發覺自己越來越像父親。

我從來沒想過會有這一天，對於一個女兒而言，這無疑是個很大的領悟。從小我總覺得自己長大之後會像母親，人人都說我像她，天經地義。

當然，像父親也沒什麼不好。

這一年來我絲毫不得閒，時常為了瑣事坐立難安。難得晚上空下來，也就只是坐著出神，或盯著電視發呆，不特別想什麼；若是勉強坐在書桌前，也只能面對電腦螢幕空想。我不明白這樣難以克服的疲累究竟來自何處，不知為什麼經常帶著煩亂的心情過活，我總是時時擔心忘了什麼，不斷提醒自己別落了哪件事。以前還是個學生的時候，整天心無旁騖地唸書，那時根本無法想像有一天自己會處於這樣紛擾的生活狀態。如今常恨此身非我有，即使獨處，也無法得到真正的寧靜。

有一天，我躺在沙發上蓋著小被看電視，迷迷糊糊睡著了。妹妹半夜到廚房喝水時，喚醒我說：「你在客廳睡覺好像爸。」

我沒有應答，繼續蜷曲在客廳的暗處。電視偏藍的白光閃爍如舊夢，我想起父親經常躺在老家的客廳裡，蓋著淺藍色的夏被看電視打瞌睡，有的時候他其實沒有睡著，只是躺在那兒出神。當年我們都認為父親很渙散，我現在終於有點明白他的狀況和感覺，而且我漸漸感到那疏懶散漫的姿勢裡窩藏著難言的憂煩。

有些時候在客廳裡蜷成一團其實非常舒適，因為那個姿勢拒斥了頂天立地不屈不撓的人生哲學，我越來越厭倦堂堂正正的規矩，對於標榜行得正坐得直的那種人也越來越存疑，而且抬頭挺胸坐在自家客廳裡，一副軍閥模樣也沒啥意思。我裹著小被暗想，我果然是爸爸的女兒，連「在客廳睡覺」這件小事都能想出個憤世嫉俗的理由。我想起父親的淺藍色小被，同時發現自己正裹著的被子也是淺藍的。

朋友告訴我，她某日驚然發現二十幾歲的弟弟非常像她父親，非關容貌或身材，而是他彎腰開抽屜取東西的姿勢，在她的眼裡看來與父親一模一樣，可是她弟弟卻不記得父親的姿勢，他只是不知不覺中重複了那個彎腰的角度。那個行止的剎那無意中說明了家族血濃。

我想，如果朱自清也爬過南京的月台，那背影必定與他父親神似。

人身上帶著家族的印記正如同聖經中神在該隱的額頭上做了記號，那個記號既是懲戒的標記，也是保護的承諾，日後儘管流離失所卻仍有庇蔭。

十七歲離家那天，我坐在即將北上的火車裡看窗外稀落送行的人群，心裡又冷又熱。我冷因為對這個山巔海腳的窮鄉僻壤毫無眷戀，我熱因為終於要離開這個小鎮，它是一切的終點，北迴鐵路的終點、海岸山脈的終點、也是自閉躁鬱的青春期的終點，我迫不及待要出走，甩開這一切，永遠不再回來。我靜靜坐著，自強號列車特有的霉涼氣味和合成絨布座椅在我而言簡直是高瞻遠矚的大未來，我的心激動得幾乎從胸口蹦出來，走吧走吧。當時我想，這就是自由。我終於溼了眼眶，為自己的脫逃而哭。

過了某個不大不小的年紀之後，青春時亟欲逃離的故鄉和家族逐漸以另一種不可思議的方式重現。我在自己身上看見那些人和那些事，我像個傀儡活著十幾年前的舊事。已經遺忘的小事或空間偶爾會如閃電般清晰劃過，我會陡然想起老家那些歇斯底里的爭吵，並驚異自己當年的暴躁與無常是多麼熟悉。

我也記起颱風沙的午後，天搖地動，山野的風又高又闊，吹得人心都野了。我蹲坐在窗前，滿心惶恐聽門窗咯咯作響，害怕自己終將坐困此地一事無成。我想起張愛玲寫過，她中學畢業後跟著母親住，生活窘困，她經常一個人站在陽台上打轉，感到被母親與青天裁判著。我也想起莒哈絲的多本小說，道盡男女情事，卻是漫天漫地母親的身影，絮絮叨叨在故事中踱來踱去。那些年裡，母親比我更擔憂我的人生與前途。我也曾心懷憂懼，焦躁自疑，我不知道這個性是直接像了憂慮的母親，還是轉了個彎，像個長年被母親憂慮的女兒。

如今我依然會因挫敗而感到煩躁，並且屢屢想起母親對我失去耐心的容貌。我仍舊習於從母親的眼睛看見自己、衡量自己、判斷自己，始終如此。母親的教誨和憂愁成為我無法分割的一部分，我因而時時感知自己的不足、自己的疏懶與怠惰。有幾年我經常因為自責過深要求過高而非常疲倦，我想，我永遠不可能成為完美的女兒，我註定是個任性、固執、無法約束不可理喻的孩子。爭吵時我最常衝撞的一句話是：「我是你生的，你要我怎樣呢。」我越忤逆，這話就越刺耳，母親的反應就越尖銳，她會說：「你和你爸一模一樣。」這話其實是個否定句，將我從她的臍帶剪斷並且推遠一些。

平時誇我的時候也是這話，可是爭吵時此言一出，就忽然有了另一種駟馬難追的含意，我除非脫胎換骨，否則也只好承認，是啊，我是他們的女兒，一個樣子。這話叫人惱煞彷彿如來佛掌，我翻了幾百個觔斗也不能遁逃。

我即使走了，跑到天涯海角，我彷彿還是忿忿不安地坐在窗前看著滿天狂沙的世界。我依然帶著父親的脾氣與母親的懲戒。那是家族的記號。

而如今，吵過了、鬧過了、跑過了，翻天覆地叛逆過了，我終究還是和父親一模一樣，裹著淺藍色的小被子蜷在客廳沙發上看電視。我想母親還是要數落我，要我打直腰桿坐正，我也還是一樣有成套的歪理。我忽然想起這些年來，當我還沒有意會到任何家族特徵之前，我買了這條淺藍色小被之後，下意識地拖著它窩在客廳裡，我真是，心安理得像透了父親。

完滿的原則

我居處附近的二十四小時超級市場大約從過年前一個月開始，就會在賣場內反覆播放過年的音樂，不論一天之中任何時候去買東西，都會聽見「咚咚咚咚兒鏘」的賀年歌曲，不厭其煩一遍又一遍，機械化的鑼鼓聲已經聽不出一點歡樂的氣氛。當然，如果不這樣反覆播放賀年音樂，其實這一天和尋常日子的每一天也沒什麼兩樣，只不過如此提倡過年到極端絮叨的地步實在令人吃不消。只要在那地方滯留超過一定的時間，接下來就會彷彿被洗腦了似的，整天都甩不掉腦子裡循環播放的幾個音節。我經常疑惑，一天工作八小時的員工聽這些一成不變的音樂會不會頭皮發麻。

那種時候我就很少上超市，即使去了也都只買固定的東西，不願意在賀年音樂裡逗留太久。不過每回開始播放一首我小時候非常喜歡的小曲子，就不自覺想笑，那曲子開頭是這樣的：「過了那個大年頭一天，我和我那蓮花兒妹妹去拜年。」

這首歌我始終不知道曲名，也不知道接下來的歌詞，可是這白描的開頭相當有意思，而且蓮花兒妹妹這詞讓我想起一件粉紅碎花的棉布小襖子，斜襟滾小紅邊的。小時候過年我經常反覆唱這兩句詞，像唱片跳針絲毫不嫌膩煩，一直唱到大人都受不了了，出聲喝止我才作罷。

也許過年就是這樣一個時節，它的理想就是什麼事都可以做到滿出來做到極端，做到每條魚都吃剩，每只缸裡都有米，每張桌子都坐滿，每張嘴都塞實，每個小孩都不知天高地厚。

講起過年，人人都說小時候的年過得比較愉快，長大了就提不起勁兒過年。小時候有太多期待都在過年那幾天發生，放寒假悶頭睡覺、大掃除玩水、買新衣服、拜年拿紅包、放鞭炮、玩拱豬、逛街、大吃火鍋、胡亂吃甜嘴零食。一切不知節制的放肆都被允許、被容忍，甚至由大人帶頭起鬨。即使不小心打破東西只要喊聲碎碎平安就沒事了，即使天天熬夜玩牌看電視也不受管，而且第二天依舊自己心甘情願起早。嗑瓜子嗑得唇燥，大魚大肉吃得飽脹，喝茶喝得完全睡不著，放炮仗也放得兩耳發聾。一切行事都做到了放縱極致的境地，可是全都合情合理。這就是過年。

因為爺爺特別講究，小時候家裡過年是件大事，全照老規矩來，除了祭祖磕頭已經省略之外，其他的情節竟然和文化教材課本裡描述的差不多，那些擺設和過程幾乎像樣板。年夜飯桌上，每道菜都有個諧音的好名字，所有能夠想到的南方北方的吉祥菜色一應俱全。客廳裡擺著水仙花，旁邊堆著紅豆年糕和一壺鶴岡紅茶，糖盒子裡填滿玫瑰瓜子和合桃糕，一旁疊著椪柑，不遠處掛著臘肉香腸和火腿，還有一隻正在風乾的肥雞。現在想想，那景象真是台灣才有的「南北合」的文化特色。爺爺穿三件式西裝，小孩穿紅衣或金色的棉襖，門前兩盆斗大的金黃菊花，春聯一定是一對加上橫披，福字和春字當然倒著，而且還得是我磨的墨爺爺寫的字。全家照例站在院子裡拍大合照，完全是安身立命規規矩矩的姿勢，拍完了這張照，小孩就可以無法無天去玩了。「年」果真是怪獸，它特別照應家庭族譜上下兩個極端的人——它給小孩和有兒孫的老人帶來特別的歡樂。

要造就這歡欣的一切，母親大概從臘八開始就一頭栽進廚房裡忙亂，而且天天出入菜市場大肆採買，我也陪著把一籃一籃的食物往家裡搬，往冰箱塞，往桌上擺，往牆上掛。總之，過年哲學以誇張完滿為主要的形式原則，一切貨品務求滿溢，不可漏缺；一切人員都有家族角色位置，一定到齊。這些叫做傳統或習俗的規矩折騰我母親不小，每回過完年她總要累得躺幾天，玩樂這事她從來沒份。等我們都長大離家了，過年才漸漸變得簡單，但也失去了某種因為形式而豐富的意義。最近幾次過年，母親都覺得有些不夠味，於是在我們還沒南下返鄉之前就頻頻詢問，你們過年想吃什麼，而我們真心的答案也就是小時候常吃的那幾道菜。如果可能，母親做的炒米粉我大概可以連吃一個月絕無貳心。

隻身在國外求學的時候，當然沒有陰曆年可過，而且二月初正好開學沒多久，雜事很多，留學生多半沒心情過年，最多就是大雪天裡幾個朋友約了某個靠近除夕的週末開晚餐派對，撐起過年的氣氛。

這種晚餐當然是一人負責一道菜色，手藝好些的做大菜，差些的就煎蘿蔔糕或煎餃子，完全沒法開伙的人帶酒。有些人連尚朋堂的電磁爐和康寧鍋都從台灣帶來，煮火鍋剛好。小公寓裡人來人往出入廚房端菜端湯，大聲吆喝，倒也有種人丁興旺的熱鬧景象。我們唸書那城地處內陸，牛豬羊肉極便宜，但是魚蝦都貴，整尾海魚的價錢更是離譜，所以魚的部分都以一片不見首尾的烤鱈魚排充數。魚以外的其他貨品則一定有人有辦法弄到手，有些同學家裡不斷從台灣寄包裹來，連乖乖或者麻花糖香蕉飴這種東西都補給充足。

有一年過年朋友從台灣來訪，帶了兩只行李箱，其中一只全塞滿了年節零嘴和泡麵，非常有義氣。當天晚上諸好友聞訊全數到齊，幾個人開一桌麻將，幾個則泡茶聊通宵。這時候，忽然有人拿出一張賀年音樂ＣＤ說，增加氣氛吧。熟爛的「恭喜恭喜，恭喜你呀」簡直讓大家笑翻天，原來這首歌不知不覺中已經成為台灣過年文化的一部分，有人擺出跳加官的姿態，有人裝模作樣地打躬作揖，大家竟然一字不差地大合唱把那首歌唱完。

留學生活的難題在於，再熟的朋友也會因為畢業或工作而來來去去。大約在博士班第五年的時候，日常往來的好友僅剩念科學史和念思想史的兩個人。我們三人的個性都有點悶，鬧不起來，而且臨近畢業壓力，平常聚頭就只討論論文和工作機會，偶爾抱怨學校或圖書館。

我們最後一次一起過年是在我論文終於口試過後的某一天，我們到思想史的住處吃飯，她煮了一鍋湯和幾道菜，而我那陣子為了口試筋疲力竭，所以什麼多餘的東西都沒有，科學史則照舊帶來一瓶酒。那頓飯有些終點的意味，一點喜氣也沒，大概因為大家就要四散了，都為了前途而心事重重，大概也因為一切都沒有依照過年原則把事情做到完滿，沒有將物質撐到極限。真到極限的，只有我們唸書生涯的精神消耗而已。飯後喝酒的時候，思想史談起找工作的狀況，科學史則開始擔憂論文最後兩章的進度，我則是第二天就要辦離校手續。後來科學史就說，這真是，哎，急景凋年。那一年果真非常匆促，那天晚上我們散了之後，我離開美國，大家各奔前程，再也沒有機會聚在一起吃飯。

過年是這樣一種完滿的時節，所有的物品和活動都有特別的結束和開始的意義，大家在儀式中完成好的收尾和起頭。脫離了傳統家族關係，年就過得略顯得冷清；少了豐裕的食物貨品，氣氛就顯得單薄。若不放肆地玩樂，或者沒了那些充滿象徵的金光閃閃大紅大綠的俗氣小玩意，那幾天的假期其實非常乏味，而且街景稀鬆平常，像隨便一個星期天。正因為有了這些累贅的吉祥小東西、疲勞轟炸的賀年音樂，還有令人疲於奔命的返鄉大事飲食小事，人人在冷風裡瞎忙，於是，天地悠悠之間，活著就不再冷颼颼，反而有種切身磨蹭的溫暖。一切事物因為瑣碎擁擠至極，溢了出來，忽然就有了完滿的意義。

裸露的胎

小時候暑假的晚上爸爸固定帶我去游泳。爸爸的脾氣不太好，平常我很怕他，即使到了現在，和爸爸講話時我還是有點畏懼。童年時竟然曾經有這麼一段父女玩在一起的時光，我覺得非常不可思議。那些游泳池畔的水花可能是我童年最快樂的記憶。

所以我很小就學會了游泳，我游的不是小孩子玩水的小池子，而是跟著爸爸在五十乘二十五公尺那種國際標準池裡游。只有在那種時候我誰也不怕，非常快樂。我總是把換下來的衣物和袋子隨手扔在池邊，套著游泳圈想也不想就撲通跳下去了。

夏夜的游泳池燈火通明，沒有暗賊。衣物那樣放著，從來也沒有丟過東西。

小學四年級暑假的某一天，游泳上岸之後我卻怎樣也找不到涼鞋。那雙鞋是那天下午剛買的，白色的牛皮，上面有小花。本來媽媽不讓我穿新鞋去游泳，但是我實在等不及，堅持要穿，沒想到第一次穿就搞丟了。

我越找越急，四處翻遍了也沒有下落。鞋丟了是無法遮掩矇混的過失，一想到接下來要挨的責罵，我心一慌，就在池邊的水銀燈下掉眼淚。

幾個別的小學的高年級生圍過來，他們是一群因為游泳而和我熟識的孩子，可是此刻他們卻幸災樂禍地說：「活該，愛漂亮穿新鞋，這下找不到了吧。」

平時我就知道他們沒有那樣喜歡我，因為我就讀的小學與他們的小學之間有微妙的敵對關係，那種競爭心態是由長年的合唱、演講、作文、繪畫等等校際比賽造成的，久而久之小孩之間也就有了壁壘。除了學藝形式的競爭外，我念的那所小學在家長之間的評價也高過其他的小學，雖說是孩子，我們其實也隱隱感到這差異背後的重量。我們在池子裡玩的時候，即使是穿著泳衣而不是制服，心裡還是披著大人世界的冷暖區別，我們父母親的工作決定了我們的居住地點，也就決定了我們就讀的學區和未來的許多事情。有時候他們跟我說話會帶著羨慕的口氣，有時候那種羨慕會轉化為不服和輕蔑。

我流淚說：「你們別鬧，還給我吧。別藏了，快還給我吧。」

孩子之間的友誼很奇妙，越是被動馴良的孩子反而越不容易有朋友。孩子群奉行的道理是弱肉強食，總是有人帶頭起鬨，仗著人多勢眾就欺侮落單的那個，而且沒什麼道理。我生存的方法通常是依靠一個小團體，以免遭到孤立和排擠，可是團體內部的關係也挺複雜，誰也不知道自己什麼時候會遭到來自內部突然的排擠。

我知道我突然被這個夏夜游泳的小團體排擠，是因為那雙新鞋，還有其他隱約明白卻說不出來的原因。

如果是在自己的學校裡，我還可以想出抵抗的法子，但是在夏夜的游泳池，赤腳面對一群他校的高年級生，我偏偏先示弱流下了眼淚，就大勢已去了。

爸爸發現我在池邊哭，走過來問我出了什麼事。那些孩子看見爸爸就成群地溜了。

我說：「鞋子不見了，剛剛上來就沒看見了。」

爸爸說：「是他們拿的嗎？」

我說：「不是。」

爸爸出乎意外地沒有生氣，反而陪著我找鞋。

鞋當然沒有找著。游泳池關門了，燈都關了，我才非常不甘願地放棄。爸爸笑著對等在門口的救生員抱歉說：「沒辦法，小孩子。」

我赤著腳走出游泳池，感到很屈辱。我至今仍然覺得是那些孩子藏起來的，但是我不明白我為什麼替他們隱瞞而不敢說出來。

走出大門的時候我突然拗了脾氣，怎麼也不願意踩在水泥地上，爸爸為了哄我，讓我像學跳舞那樣踩在他的腳上，一步一步走出去。那個片刻我感到又委屈，又幸福。

回家的路上我坐在爸爸的腳踏車後面，兩隻腳晃啊晃的，很涼。

北上唸大學之前，我曾到過台北幾次，是參加比賽之類的活動，整天患得患失，因此沒有什麼特別的記憶。唯一記得的一次台北經驗，是高一升高二的暑假，十六歲。

我跟著媽媽出差到台北來，媽媽去開會的時候，我就和當時在台北讀高中的朋友連絡。這個朋友是我的小學同學，她北上之後我們還繼續通信寫心事寫小秘密。

台北的高中暑假還是得上輔導課，可是那天下午朋友穿著制服就來了，而且據說是隨隨便便就翹課了。她的行為對我這種一直被家庭管得很嚴的少女而言，完全難以置信，這彷彿印證了我對台北的想像，一種新鮮大膽刺激的新生活。

我和媽媽住的地方是一個很安靜的出差宿舍，一點點聲響就會弄得餘音回盪。我和朋友壓低聲音，躡手躡腳走過空盪盪的走廊，正要出大門的時候，因為一直踮著腳，我涼鞋的鞋帶突然，啪地，斷了，而且斷得相當徹底，沒法再穿了。

這也是一雙白色涼鞋。我沒有帶其他的鞋。

沒有鞋就哪兒也去不了。兩個人坐在走廊邊的沙發上苦惱。

朋友說：「就穿他們宿舍的拖鞋吧，浴室裡總有拖鞋吧？」

我拒絕，那種綠色的橡皮拖鞋怎能穿出去呢。

「管他呢，就今天而已，反正台北沒有人認得你。你明天就走了。」

我們爭執了很久，我沒辦法穿那種鞋出門。

朋友急了，帶著氣說：「哎，我都翹課了，你還擔心這個。」

所以我那天就穿著浴室專用的綠色拖鞋和朋友出去了。我們搭公車、散步、逛街、吃冰，晃盪了很多地方，我的心情始終很沉重，感覺雙腳涼颼颼的，與赤足無異。我不斷注意路人的腳，沒有人穿拖鞋。

途中經過幾家鞋店，我們也曾停下來看涼鞋。但是出於某種賭氣的心情，我鬧了彆扭，我說我無所謂，不想買鞋，反正只有今天。

後來，在某個熱鬧的街口，有幾個高中男生跟朋友打招呼。現在回想起來，那應該是西門町或是博愛路一帶。這些男生也是翹課出來玩的。

朋友和他們聊了很久，他們講的不外乎是講義和考試的話題。我刻意保持有禮但不交談的距離，站在離他們三步遠的地方，我完全不想打招呼，也不加入他們的討論。

但是朋友興高采烈地聊著，一點也沒有要結束的意思。我知道她很喜歡某一個男孩子，她曾經在信裡偷偷告訴我這男孩子的事。我看見其中一個男孩的制服上繡了那個名字。

打打鬧鬧中，這個男孩子看了我一眼，從頭到腳掃了一遍，笑嘻嘻對朋友說：「這一定是你鄉下的同學吧，穿拖鞋就到台北來了！」

朋友看著我的腳，笑著說：「對呀，鄉下人都穿拖鞋呀。」

我像是被雷擊中似的說不出話，接下來她就沒有再看我了。

十幾歲的時候，這樣難堪的事情足以讓人當面絕交。不過我沒有立刻發脾氣，沒有反駁，也不能轉身走開，因為我完全不認得路，還得靠朋友帶我回出差宿舍。

回去的公車上我們很安靜，沒有說什麼。我有點明白朋友的心情，情勢所迫，當著我的面說出那種話來，我想她感受的羞辱恐怕不亞於我。我的羞辱是立即而明顯的，她的則是轉了一折，因為罪惡感。我想她在台北這一年來可能常常受到這種奚落，但是即使我明白她的委屈如此，我還是沒辦法若無其事地說話，我們兩個人當時都沒辦法超越那種恥辱感。我不知道她當時是氣著我還是氣她自己，或是氣那個男孩子，我自己則是氣著一切。

我一直低頭盯著那雙綠色的橡皮拖鞋，走了一天，我的腳趾都髒了。我看見朋友的白皮鞋其實也很髒。

那天晚上媽媽問我去了哪些地方玩，我說我都不知道，媽媽看見那雙壞了的涼鞋和髒了的綠拖鞋，很訝異說：「你就穿這出去嗎？」

「沒什麼大不了的，才一天。」我在床上躺成大字型，不在乎地說。

雖然我平常粗枝大葉的，但此時媽媽完全看透了我。她想了一會兒，說：「走吧，現在去給你買一雙鞋。以後不要穿拖鞋出去。」

買的是球鞋，是愛迪達。

沒有穿鞋子的時候，似乎比較容易感受到他人的惡意，整個人彷彿處在沒有防備的狀態，赤裸裸的，然後世界輕易就踩了我一腳。

[illegible][illegible]的時光

從小我就有一張自己的書桌，我對它的裡裡外外知之甚詳，我坐在它邊上做功課的時間和窩在底下發呆的時間差不多。

對一個小孩而言，這桌子十分奢侈。它是阿姨特別訂做送給我的生日禮物，實心櫸木，全是卡榫沒有一隻釘子。桌面大得像一張小床，除了桌燈之外不放任何物品。桌子極沉，拉開抽屜時完全沒有聲音，兩個大人也它抬不動，整個沉甸甸的像是一個苦讀的功名。

媽媽老是跟我說，讀書的重點在於書桌，桌子要穩，收拾乾淨，書才唸得好。現在想想，這桌子確實具體表現了媽媽對我的某種期望。

除了唸書寫作業畫畫之外，我充分利用了這桌子。一個人在家的時候我很喜歡坐在那桌子底下，這無人知曉的怪異習慣持續到我上國中開始長高了才停止。

小時候這桌擺在木地板的房間裡，靠窗，那窗開得低，空間和光線都夠，我在桌底下剛好可以趴在窗沿上向外張望。窗外不遠是一架遮天蓋地的綠葡萄藤，光影綠森森的從葉縫間浸透過來，葡萄葉上有青蟲肥滋滋。夏日午後很靜，暑假裡非常寂寥，日頭又毒又辣，那兒也不能去，院子裡藍黑的石板塊在高溫底下悶蒸發燙，青蟲一不小心從葉子上落下去，狠狠的，啪滋，肥軟的小腳掙扎一會兒，就燙死了。

我會長時間坐在那裡，從深綠色的紗窗看出去，著迷於青蟲墜落的聲音、色彩、還有渺小又殘酷的死亡。我也看油亮的黑螞蟻在窗台爬行，搬運我的餅乾屑，把它們壓死會聞見辛辣的油氣，那氣味非常切合這種蟲子不屈不撓的個性。我喜歡在桌底下反覆讀《愛麗絲夢遊奇境》，在桌底下看這書特別奇幻恐怖，我那版本有一些奇怪的版畫的插圖，線條複雜黑白分明，所有人物的臉孔都又老又長，看起來很陰險，城府深沉，愛麗絲尤其像個心情不好的、有法令紋的小老太太，我想，這樣的人會做這種惡夢也是必然的。那書裡還反覆提到一隻「歙縣貓」，這個完全超乎中文意義的字彙像它的插圖一樣筆劃繁複，盯著看久了，也是陰森。

事實上，在桌底下看任何書都特別離奇，彷彿是從一個小小的孔洞偷窺了故事裡不為人知的反面。我覺得桌底下是世界的反面，生活的反面，在那裡事物都反了，事情反著看比正著看還更有意思，反面總是顯現謎樣的氣息。

桌底下、床底下、衣櫃裡、門背後都是小孩子害怕的角落，我卻有小女鬼的習性，一有空就往這些縫隙裡鑽。藏身於這些反面的場所可以輕易將自己的存在從常態中抹除，我可以假裝自己從屋子消失，從反面觀察在我之外的空無與完整，感覺屋子將我涵納並漸漸成為它的一部分。我得以進入另一種透明的視野，像一台顯微鏡那樣將事物的道理和秘密看個淨透，這個視野真實得詭異因為它過於清晰放大展示不為人知的一面。

有一陣子我養蠶，小心翼翼養在紙盒子裡，寶貝極了，獨處的時候我就抱著紙盒坐在桌底下，忘我地看著他們沙沙沙啃食桑葉，撥弄它們，看一整個下午。蠶的臉孔看起來有點兒傻，無辜的小白臉，兩點小眼睛，它們日以繼夜的吃著桑葉，散發出一種特殊的青澀氣味，行動緩慢而專注，盯著它們看非常能夠穩定心神。那陣子我剛剛開始讀葉慶炳的晚鳴軒散文系列，唸到他評論樂府詩「陌上桑」。跟蠶桑有關的詩詞都讓我感興趣，在桌底下看蠶的時候我屢屢想到這首詩，整首詩充滿了蠶、桑葉以及大人世界的拐騙和炫燿，讀起來不像是蠶的世界，倒像是蛾的世界。

我也會在那裡長時間注視自己的手腳是否生長，或是扯自己的頭髮。經過的壁虎偶爾會嚇我一跳，它們的觸感難以形容，不懷好意柔軟得可怕。門外的屋簷下掛著一只古色古香的風鈴，大概是黃銅的質地，造型是小小的中國式涼亭，五根涼亭的柱子在風裡相互敲響，清澈幽遠頗有古風，但是它極髒，纏滿了蜘蛛網和灰塵，像個鬧鬼的亭子，因此它的聲音也給我聊齋一般的惡夢感，我總覺得它的聲響別有邪惡的意涵。

黃昏時夕照從窗子裡斜斜探進來，山裡的鳥叫透了天空，我會像遠古的人類終於受到啟蒙那樣慢慢爬出了洞穴。

再大一點兒我就改藏在衣櫥裡。成人之後，沒得藏了，就躲到後陽台去，坐在那裡看報紙，後陽台也算是半個反面的世界。不過我還是覺得，桌子底下那段與蟲虺魍魎為伍的反面時光最愉快。

科幻電影或武俠小說常會特別強調一種神秘的賦力情節：在某個不為人知的角落裡，主角養成了特殊的能力，日後若是受了重傷，只要能夠回到那個神奇的角落，他必能奇蹟式地復原，他甚至會因此而激發出比原來更強的能力。這種神奇的賦力地點若非在人跡罕至的高山飛瀑中，則必定是在機關重重的幽密洞穴裡。

另外有些不那樣玄妙的故事也會出現一種屬於凡人的療癒空間，主角只要回到那裡，看見日出或是月光，或聽見某一首歌，或回想起幼時種種，就能得到心靈的平靜或是勇氣，他會看透一切，所有的挫折和痛苦都煙消雲散。

我真希望有那樣一個神秘的賦力空間，每次受傷都是更上一層樓的契機；即使沒有，我也希望至少有個療癒的場所，可以在其中迅速地修補自己。

然而，人世有的也就只是自己拼拼湊湊的遮蔽所，行路的風雨中可以偶爾歇憩。我在自己虛構的世界的反面，在那偏斜的視野裡，我無法變得更好，但我感到安寧。

羅蘭巴特在《明室》這本書裡以充滿焦慮的口吻提到自己作為攝影對象時的種種不安，這位一生中分析了無數影像符號的法國才子似乎非常害怕拍照，他自己不拍，也不喜歡被拍。雖然羅蘭巴特留傳後世的照片又帥又優雅，可是他自己顯然還不滿意。他覺得攝影是在折磨他的身子，使它產生分化；他在拍照的瞬間感到焦慮，他覺得影像從不符合真正的自己；他希望自己看起來有內涵而且睿智，但結果總是令他失望；他感嘆身體無法歸零，他常常覺得自己的臉沉重得像個嫌疑犯。他說拍照時：「我自己如同他人……我竟不斷在模仿我自己。」他認為自己在攝影時既成了物體，也變成了幽靈——因而影像終究是自身的消亡。

他甚至非常在意照片在刊物上出現時的印刷狀態，他會因為某張照片看起來「可怖、毫無內涵、陰險、可憎」而耿耿於懷。

第一次讀到這個段落時我深深地鬆了一口氣。羅蘭巴特這一番神經質的告白確實回應了我心底暗藏的恐懼：我非常不喜歡拍照，我總是對照片中的自己不滿意，我更討厭看見自己的照片刊登出來。羅蘭巴特的拍照恐慌確實說到某個坎眼裡了。

我有多麼不喜歡拍照呢？我從來沒有相機，旅行也幾乎不帶相機，偶爾借了一台，也只是匆匆拍幾張算數。在從前照片還得送沖洗的年代，我若不是常常忘記送洗，就是忘記去取件，或者是拿回家草草看一遍就成疊往抽屜一收，從此不見天日；現在數位相機不需沖洗，我經常是直接將資料下載到電腦上開一個檔案，就不再理他們了。我沒有實體的相本，電腦裡的虛擬相本則是一片雜亂。

拍照常常使我無所是從。相機開啟了一道時空的迴路，相機的鏡頭是來自未來的目光，被拍者和相機的咫尺之遙，是此時此刻與未來之間遼闊的距離。在這個時空迴路裡，一個人面對未來該怎麼真心地笑呢？這笑容是一枚擲向虛空的球，是誰會接住它呢？誰會在將來的某一刻看見這個笑容並且真心的留下它？逝者已矣，來者猶不可知。如果這照片不送給誰，我便是對著未來看照片的自己而笑；如果這照片在未來的某一天要送給誰，我又如何知道是誰等在那一天呢？如果這照片是為了給雜誌社而拍，我便是對著未知的讀者而笑；如果是為了證件而拍，我是面對未來每一次的公務文件而笑。如果照片總是拍不好，我便不斷地刪除刪除刪除，直到嗒然放棄。如果一直沒有滿意的結果，怨的只有自己，怎麼拍都不像自己。「我自己如同他人……我竟不斷在模仿我自己。」說得真好。

怨自己也不對，事實上，面對相機的時候，我人彷彿變了樣，不再是自己。沒有人會在生活裡笑得這樣僵硬，沒有人會這樣緊張不自在，患得患失，裝腔作勢，彷彿拍照的瞬間是一場賭局，得想盡辦法唬過對手才行。大部分的人拍照時都太老實了，每一次裝樣子都唬得太過頭了，生活裡的興高采烈哪有這樣誇張，窗前的沉思也不該這麼拘謹，而且，拈花微笑這個概念若真的具像化拍了下來，是多麼露出馬腳的一招呢。

我總認為照片中的自己是次了一等的，不管怎麼拍，看上去就是個非常沒把握的人，彷彿對拍照這事感到歉意。我因為抗拒拍照，不太樂意把整張臉對著鏡頭，所以很少正面的照片，即使有，那眼睛若不是顯露著迷惑，就是充滿不信任，是一雙懷疑世界的眼睛。人的眼神一但不夠堅定，面目也就模糊了，有時候它模糊得連我自己都不太認得。我老覺得，照片裡的根本是別人，笑得更抱歉、更虛假、更慌張、更徬徨的另一個人。

我常常研究我喜愛的作家的照片，這些影響深遠的作家的照片有一種靜謐的氛圍，他們的臉有無限的話語和超越的氣質，他們的眼神在快門按下的那一剎那幾乎顯露了他們全部作品的精髓，不僅是當時已經公諸於世的作品，甚至是那些在拍照之後的年代才發表的作品，也還是像照片中一樣的犀利和深刻。這樣的照片彷彿捕捉了被拍攝者存在於語言文字之外的其他特質，那特質必然已經貫穿他們的文字表現和生命經驗，因此能夠如此一覽無遺卻又不著一字地體現在他們的肖像照裡。羅蘭巴特微蹙眉心點菸的照片正是這樣的例子，蘇珊宋妲前額的一綹白髮、班雅明的細框圓眼鏡和雙下巴、傅柯的光頭、德西達的滿頭亂髮、愛德華薩伊德略顯垂墜的魚尾紋、波赫士那一雙望向緲不可知的天際的盲眼、魯迅的眼袋，都像是一則很長很細密的關於他們作品的注解，或是另一篇更耐人尋味的作品。甚至連張愛玲穿著旗袍矯作伸長的頸子，也曲折得像是〈沉香屑〉系列裡不存在的第三爐香，也只有她非常適合這身段——哎，如果不是她，換了別人擺這樣玲瓏刁鑽的姿勢，該惹多少批評。

當然，這是我作為一個讀者與觀者全然私心的解讀，是我的盲點，也是刺點。他們向未來拋擲的面容接在我手上，就成了我的刺點。拍照使人留在特定時間的框架，成為靜止物，成為影像，成為一組符號，成為一個社會文化的知面顯現，成為另一個人眼中的全部事實，它看起來只有表象，卻又蘊含了難言的細節，它彷彿無隱藏，又有說不盡的秘密。影像是這樣，總是這樣，他無論何時都在訴說一則需要解碼的謎語。生命繼續往前流失，但是那一張照片卻留了下來印證他人的解讀。

童年的照片看起來比任何時期都更真誠，像是自我的核心。童年照片裡有一張是我穿著外婆從日本買回來的浴衣站在院子門前，衣服上印滿了淺粉紅的牡丹花，笑得很真心；另一張是穿著繡了一朵寫意菊花的金棕色棉襖的照片，是冬天裡拍的，笑得比襖子更溫暖。我想我今生無法再那樣笑了。

羅蘭巴特寫《明室》的時候一心想要尋求逝去母親的記憶，終於，他在母親童年的照片中完整地尋回了她的面貌——巴特的母親五歲的時候站在花園裡向未來拋擲一張童稚的笑容，這個笑在時空的迴路裡飛翔了幾十年，這期間她結婚生子守寡經歷戰爭吃盡苦頭，直到她死去之後，她的兒子在哀傷中接獲了它。

搬家

搬家像是跟自己過不去，也像跟世界過不去，搬家的感覺像跟情人分手那樣萬般不得已，昨是而今非。

搬家的過程是一節很長很長的，惱人的破折號——————長得想讓人另起一段開頭重來。

我經常搬家，每一次都兵荒馬亂，明明住在都市裡卻像駐紮邊疆的小兵似的，時間一到就俐落地捲鋪蓋走人，手腳之迅速不比搬家工人差。

某一次搬家的時候，遇上了陰天，那早晨天光昏暗，我一夜沒睡拼命打包，一邊收拾一邊擔心，萬一下雨了該怎麼搬呢。在無眠的焦慮中，兩個工人比約定的時間稍晚一點，好整以暇地開著小卡車來了，來了也就慢條斯理的搬，我的東西雖然少，他們兩個晃晃蕩蕩，足足搬了一個上午。

東西全搬上卡車之後，我忍不住問他們：「你們今天都沒有其他的家要搬嗎？」其中一個愣了一下，答說：「沒有。」一會兒，另一個淡淡地說了：「今天不是好日子。只有妳搬家。」

原來是大凶日，諸事不宜。

此刻雨開始綿綿地下了，搬家工人擦擦汗，不知從哪兒拿出一條髒污的粉紅色薄棉被，蓋上我的家當，其中一個從卡車前座掏出黃長壽煙點上，問我：「妳自己怎麼過去新的那邊？」

我說：「我沒有車，坐後面可以嗎？」

抽煙那個說：「下雨了，不嫌棄就跟我們坐前面吧。」說完，俐落地跳上車，隨手拉了我上去。

卡車前座比我想像中寬敞許多，坐三個人綽綽有餘。

開車那個嚼起檳榔，發動車子，我旁邊那個默默抽煙，我倚著車窗吹風，卡車裡放起邱蘭芬的台語歌「大節女」，開車的低聲跟著哼。在小雨中，我們搖搖晃晃駛過台北市，上橋，下橋，紅燈，綠燈，左轉，右轉。下一首是「望你早歸」，我旁邊這個也跟唱了。為什麼如此蒼茫呢？微雨中的路徑，我聽見後面那些廉價家具吱吱呀呀的聲音。那些是我的，只有那些。

這車子載著的幾乎是我人生的全部，就這麼一直開下去也無妨，即使全扔了也無所謂。什麼都不要，這樣活著就好。

又累又倦，我突然有了亡命天涯的況味。

——離開了舊地方，鎖了門，頭也不回地走了，全部的家當和自己一起在市街裡搖擺穿行的那一刻，是多麼無可名狀的逃逸狀態。

搬家的人從屋子的每個角落消失，但是首先他們必須從每個抽屜和櫃子裡把自己揪出來，累累陳曝如舊夢。來路不明的小紙條，失去彈性的橡皮筋，令人心酸的存摺本子，如露亦如電的老情書，不復記憶的日記、相本、筆記冊子，潮濕的光碟片上寫了不明所以的標籤，捲曲的發票上打了不知年月的日期，成疊的帳單記載了荒唐的揮霍，皺成一團的舊衣失去了身體的形貌，躲在櫃子一角什麼也不記得了。

電器用品的線纜千頭萬緒，越理越亂，盡是些蒙塵的糾纏。衛浴用品彷彿忘記了它們的承諾，瓶瓶罐罐的，一瓶比一瓶骯髒潦草。

搬家的那幾天，搬家的人經歷自我的變形和改造，慢慢兒打包整理每一吋地方，慢慢兒抹除自己的痕跡，清除自己的存在。搬家讓人認清現實，面對困境，並且了解自己，明白自己多麼複雜，多麼無頭緒，多麼健忘和疲倦。搬家意味著一個人必須徹底從舊空間消失，無法逃避地將自己的一切抽離，連根拔起，抖一抖，塵歸塵，土歸土。

就在這個棄絕的時刻，人生的殘留物也悄悄從邊緣浮現，不知道該不該扔的信件，不知道該不該留的海報，某一年生日收到的無用小燈，前年聖誕節買的冰箱磁鐵和燭臺，某人送的玩偶，某人寫來的賀卡，捨不得丟的美麗餅乾盒子。這些從記憶底層重返的物體展現了驚人的質量，它們又沉又細密，它們有時像無解的謎題，有時又觸類旁通，每一件都影射即將離席而去的人生階段。

自己的房間是人生的空間記憶體，人生的紀錄以物質的型態貯存其中，平時它們沉默不語，不輕易揭露意義，只有在自己的房間即將不得其門而入的時刻，在房間即將失去記憶位置的時候，經過瘋狂的拆解、傾倒、掃除、擦拭、分類、摺疊、搬移、綑綁、丟棄，這些物質秘密的存取機制才被啟動了。

一旦這些消逝的記憶一股腦兒湧出，任何細微的空間曲折都成了一道深沉的秘密皺摺，它們蘊含特殊的意義和事件，已經忘記的經歷與蝸居的習癖和秩序都深藏其內，在棄絕的時刻重新被拾獲。那幾天，從各個空間摺縫嘔吐掏弄出來的物品忽然神色曖昧，它們既像垃圾也像寶貝，像一個若即若離的情人，可以留下也可以拋棄，叫人躊躇再三，不知道該如何是好。它們宛若女妖羅蕾萊，各自哼唱擾人心弦的調子，即使是一張蠢笨的書桌，也彷彿有了曼妙的舞姿。

搬家的人被整屋子翻箱倒櫃的物品和記憶淹沒，拋棄和拾獲都是一種考驗。可是搬家沒有時間一一檢視或細想，搬家的難題在於必須當下決定，要，或不要。這是亂世顛沛流離的心情，在時空記憶的洪流裡打劫，要扔的絕不可戀棧，要留的也不可耽溺緬懷，留下多少算多少。

在眾多物品的魔魅中，只有書和ＣＤ是唯心的物質，一個也不能少，井然有序，歸類法則絕不出錯，輕輕瞥一眼就知道內涵與重要性。它們的質地和意義比其他的物品穩定，它們自成一個堅固的抽象宇宙，使搬家者不至迷惑於生活物品的意義而沒頂。

然後紙箱子就出現了，這些深黃色、粗糙、笨重、倔強、氣味濃濁而且易破爛的臨時容器，駱駝似的悶聲不響，一個跟著一個，往往承載過多的行李。搬家的紙箱體積龐大，平常日子不容易管理也不容易收藏，雨季裡潮濕得軟趴趴，放久了又髒得像隻癩痢狗，舊的箱子經過透明膠帶纏綁拆封幾次，已經殘破不堪，一道小凹痕就足以使它崩潰，無法負荷重物；新買的則粗礪僵硬容易刮傷人。它們從來不大小適中，不是太大，就是太小。它們永遠不夠用。它們一定會破，它們永遠太重。

七手八腳的問題像惡夢裡的念頭那樣接踵而至，懊悔也是，自責也是。杯子和碗盤究竟該怎樣收呢？是放在塑膠袋裡還是紙箱裡呢？要不要找報紙還是廢紙包起來呢？報紙和廢紙已經先扔了該怎辦呢？枕頭棉被的塑膠套子怎麼找不著了呢？透明膠帶突然去那兒了？垃圾該如何扔呢？冰箱裡的東西該怎麼處理呢？紙箱不夠袋子不夠繩子不夠行李箱也不夠怎辦呢？檔案夾為什麼這樣滑溜麻煩呢？滿抽屜的雜物究竟是為什麼呢？書架怎麼快垮了？衣櫃裡真的有這麼多東西嗎？

懷著如此困惑、懊惱、昏亂的心情，不斷與自己和物品的謎團搏鬥，在舊的即將告別的房間裡。

然後就可以亡命天涯了，或是從此在新房間安居樂業。

新房間是一個新的記憶空間，因此也是一個新的組合可能，當它空無一物的時候看起來是那樣清新可喜，像一塊應允之地。然而，搬家的人慢慢兒在那個新空間裡生根，伸展自己的手腳和歷史，一吋吋疊上自己舊的習癖。新窗簾的顏色，舊桌巾的花紋，相框陳設的方式，書和CD排列的景觀，時鐘和植物的面貌，舊的沙發桌椅燈和地毯，新的床組和海報，看上去還是眼熟，還是自己，只是整齊有禮多了。

新房間一開始還有點兒拘謹，略有約束，住著像在別人家裡作客，頭幾天會認床睡不著，過幾天會在半夜裡惶恐醒來，不知身在何方，再過一陣子之後，認真過日子了，衣服襪子便開始堆積，雜誌報紙扔在沙發上，書籍不會立刻歸位，地板不再每天擦拭，此時就再也管不住自己了，隨著熟悉感增加，物品一點一滴從四處滿出來，終至不可收拾。當房間已經不知道該如何收拾的時候，它完全體現居住者的內在習癖與外在行徑，它變成了居住者的另一個自我，於是不再找不到鉛筆或便條紙，不再開錯燈的開關，不再踢倒字紙簍，不再找不到湯匙和開罐器。

不知不覺間，搬家者變成了居住者，人與空間渾然相依，此刻，家才算真的搬完了。

被搭訕的時候，我會有複雜的心情。很多女人都被搭訕過，我始終不知道別人心裡究竟怎麼想。真要詢問別人對於這種事的心得，恐怕也過於切身了，有點失禮。而如果問男人為什麼搭訕，大概也問不出什麼深刻的答案來。我很納悶究竟有多少人搭訕成功，成為朋友。

我想，搭訕需要不少的勇氣以及改變現況的決心吧。至少必須要有意志走出自己身上那座看不見的籠子，而且不怕被踢回原點。搭訕者像在慾望汪洋中泅泳的人，看見哪個女人飄過來，想也不想就試著抓住。這種嘗試有點天真，也有點徒勞，一想到驅使搭訕者趨前說話的種種孤寂的因素，有時候，我甚至會為對方感到難過。

我住處附近經常有個長得還可以的中年男子向女性搭訕，從他的衣著和言談看來，他應該是從事固定的文書工作而且唸過一些書，有一點外文能力。看上去是個循規蹈矩的人，因為生命中某處的挫折過分沉重了，以至於他在女人這一關上過不去。他的臉也是如此，額頭很窄，鼻子太高了，嘴又太薄了，乍看是清秀的，但有一些紋路又過分地滄桑，因此給人愁容滿面的印象。

他搭訕的方法頗為笨拙，他總是走過來，非常有禮貌，發著抖問：「可以有這個榮幸跟你做朋友嗎？」這樣做作的開場白出自一個乾淨又自卑的中年男子口中，幾乎沒有任何成功的機會，女生只要遲疑一會兒，他接下來就露出了馬腳，他會忽然顯出疲憊而且絕望的面容，懇求也似的，不斷重複：「讓我自我介紹吧，讓我自我介紹吧。」一如此，喃喃自語跟在女生後面。被搭訕的女生也許一開始還有點受寵若驚，此時發現他其實瘋了，立刻警戒後退。女生尷尬地轉開臉，疾步離去，他則站在原地咀嚼這立即而明顯的離棄，隨即又彷彿沒事一般，忘記他自找的煎熬，繼續趕路。

這人總共跟我搭訕了五六次，躲不掉，我已經認得他了，他卻完全不記得我。彷彿每次轉身離去，這件事就不曾發生。

有幾次我因為好奇而壯起膽子，跟他說了幾分鐘的客套話，他卻囁嚅著，說不上話來，草草告退。和女人搭訕是他生命中頻頻出錯的迴路，走到這裡就跳針。每回他見到我，就身不由己走過來，衝撞他自己的牢籠一次，我就得再一次目睹他的失敗。他跟冥冥中某個無法挽回的錯誤掙扎，我和其他被搭訕的女生一樣，變成他人生裡那顆下沉的石頭，墜著他扯著他，親眼看著他滅頂，一齣荒謬劇。

他只要一看見女生，就不由自主地掉進失敗迴路，然後又會沒事，直到下一次。從那種執拗看來，他應該有點心病。滿街都是女孩，我想像不出他的折磨有多麼劇烈，他要如何把持住自己，安安穩穩走回家，或是，他非得這麼樣天天被踐踏幾次不可。這人後來就消失了，也許在哪個路口被挫折給踩平了，再也爬不起來。

然後另一個搭訕者出現了。這人長得有點心酸，黃黑色坑坑疤疤的臉，瘦削極了。抹著髮油，老穿著白襯衫黑西裝褲，銷售員的打扮，手上還提個癟癟的黑公事包。

我只會在雨天碰見這個人。他總拿把黑傘站在郵局門口，看見某種類型的女生行過，他就趨前：「小姐，請問你有沒有男朋友？」我第一次說沒有，他就走開了。第二次我說有，他還是，喔一聲，走開。第三次，我沒有回答，他也還是走開。他究竟期待怎樣的答案，誰的回答會使他大夢初醒，我納悶。他在找誰呢？這樣大費周章，踏在一雙濕鞋裡尋覓。

只在雨天出現這感覺很奇特，像個濕搭搭的幽靈找尋宿主。只要下了雨，他就被一股濕氣逼著上街來，絕望地問，一再地問，「小姐，妳有沒有男朋友？」雨聲滴滴答答，過往的車輛嘩嘩然，整個世界泡在無奈裡，人海茫茫，誰的傘也擋不了誰，誰的話也敲不醒誰。

到處都是寂寞的人。後來，雨天我就不去郵局了。

夏日將盡

夏日將盡，午後的陽光逐漸柔和，公園裡的蟬冷靜了，間歇時刻的雨勢變得恍惚，不合時宜又難以捉摸，在這裡，那裡，像一段心事輾轉於烏亮濡濕的街道。所有的窗子都有了更清楚的天空，近晚的時刻不再過份地喧鬧。人世的擔子輕了，鳥鳴不再激烈，不再承受夏日的沉重和巨大。

夏日將盡，每一株樹都準備著，海潮與花蕾都散去，歡笑吶喊退得更遠，於是善於遺忘的人心裡空曠得可以聽見回音。

但是秋天還沒有來，日子還沒有在金黃中成熟並且墜落，我們還沒有在針織背心裡嘆長長的氣，還沒有人在風中追憶什麼。還沒有。

夏天裡，你做了什麼呢？

游泳衣和涼鞋，機票存根和防曬霜，檸檬汁和薄荷味的香水，煙火和太陽眼鏡。以及許多書，和水梨。

這個夏天，我去游了兩次泳。午後群樹環繞的泳池沒有一個孩子，整個池子莫名其妙只有我們，靜靜地，來回地游。還有一個喝醉了的壯漢紅通通泡在水裡，他身上的酒氣靡靡讓我們頭昏，我們彷彿在酒池子裡游泳，一圈，兩圈，三圈的時候陶陶然，我游了五圈就想睡覺了。

然後我們疾車下山，車實在開得太快。中途我停下來嘔吐，那樣的快。

我也出國玩了一趟，很盡責地擦了防曬霜，竟然完全沒有曬黑。在異國我不斷走路，東看西看，喝檸檬汁和椰子水，看煙火，坐在義大利餐廳的燭光庭院裡看遛狗的人。看波斯的手工絲毯，看柚木傢俱，看熱帶盆栽，看廟和廟裡的人。

夏天的夜晚我看了幾本鬼故事，看了沙門空海之唐國鬼宴、青蛙堂鬼談、整套的半七捕物帳。第一百次看了溝口健二的雨夜物語。

這些都做過之後，無所是事的夏天彷彿還很長，於是我開始整理書架。整理書架這種工程是一種分類學的體能實踐。我慢慢將架上的、地上的、桌上的書全部堆到客廳去，扔掉早就想扔的那些，至於猶豫不決的那些，則繼續以曖昧的狀態保存著。

岌岌可危的，歪了的書架也淘汰了，新的書架進來了。

然後就是曠日費時的歸類與排列，在反覆的挪動中重新創造規則。

這於我而言是一種痛苦而繁瑣的愉悅，我好整以暇地將每一本書翻開來，確認它們的內容，看自己的筆記和重點畫線，並且一再地，抱著遺憾，翻看一直想讀卻始終還沒有讀的那些。

我發現，我善於遺忘。大部分的書裡都殘存著我隨手夾進去的東西。

一個人會在書裡夾什麼呢？十年前書店送的書籤。香奈兒寄來的新品上市卡片。買昂貴鞋子的收據。新衣服剪下來的吊牌。綁頭髮的淺藍橡皮繩。印地安風的編織布條子。德國和加拿大寄來的明信片。忘了兌現的小額支票。上海風格紙製杯墊。鉛筆。照片。撕了一半的地圖。好奇怪，沒有乾燥花和楓葉。

竟然還有寫了一半沒有寄出去的信。是在某個異鄉的旅館，以旅館的信紙草草寫了幾句話。那趟旅程顯然十分漫長而曲折，我在那信裡歪歪斜斜地寫：「台北的事都不像是這世上的事了。」

即使當初寫完那封信並且寄出去，恐怕結局也是一樣的吧。

我花了整整三天把屋子搞得一團亂，一邊啃掉一籃水梨，一邊逐本翻看，找到了幾個通往過去的入口，生命裡失而復得的東西。

夏日將盡，一如過往的每一天，每一件事，幸而我善於遺忘。

秋後上山

入秋之後天氣好得沒有了深淺，一路藍到無限遠。陽光變得很斜，很長，卻火燙燙的，像一個斜著眼睛看人的女子，那種媚惑最是熱切，秋天的光熱也有那種斜媚的意味，叫人心亂。

然而畢竟這一切都淡了，大正午的太陽底下，樹影子還是模模糊糊的，淺灰的猶豫，映著白的大理石，看不出來它們曾經犀利得不假思索。現在不管怎麼看，都像是窗紙上被風吹亂的松痕，或是誰心頭的人影。

也許只有鳥群知道天光的底細吧，既然雲一朵都不剩了。

我原來是要上山去看茶的，雖然季節根本不對，初秋的茶園必定什麼也沒得買，也沒有人。然而，一想到空無一人的午後茶園，午後茶園裡的薄霧，薄霧中的鳥鳴，鳥鳴中的寂靜，我還是去了。

茶園山上的路曲曲折折，我好幾次停下來辨認方向。山裡的林木隨四季變化，日日夜夜長著，攀著，幻化著，山只有越來越幽深的道理，樹林也只有越來越森密的可能，因此山路總是往荒涼的方向走。明明只有一條上山的路，一年沒走，彷彿千秋萬歲，不認識了。

而且秋陽又這麼惱人，凡它觸及的，就瞇起眼睛來斜眼看我。

我記得應該經過一道溪橋，過了橋之後，應該在某個不起眼的叉路右轉。我等著橋遲遲的出現，也等著叉路。在這裡吧，橋應該出現了，在這裡。但是橋沒有適時出現，它似乎往後退了好幾里。

岔路還在，然後我看見一座荒廢的院落，水漬和芒草掩蓋了外牆，我不記得它原來在這兒或不在，如果它一直以來都在這兒，我也不記得它原來的樣貌。

岔路之後就這麼一路順著節氣蕭索，連樹的姿態都滄桑了，我真不知道是他們變了，還是我的雙眼變了，還是這山的氣色變了。又或者，只因為我一路上都聽著南管的小曲，所以時空都寥落了呢？

這迷惘難辨的朦朧彷彿山的某處藏著一個秘密，我應該循著跡象指認它，看透它，道破它，如此我將從這蕭索的昏沉之中全身而退，時空秩序將會重新歸位，那些樹和院子就會因為我的頓悟而清明，恢復原有的樣貌。天地會醒來，如果，我能說破那個秘密的話。

然而我著魔也似的走，山頂的薄霧依舊，鳥鳴依舊，大理石砌成的小階依舊，周邊環抱的山群縹緲依舊。賣茶的幾間舖子也還在，只是鎖了起來，油漆斑駁。

我鬆一口氣，我想，果然，山的本性荒涼，沒了買茶人，這一切自然破落，自然還給天地。一隻黃褐色的山犬慢慢踅過來，隔著數步之遙檢視我，然後背過身去悠悠躺下。

如果當時我像山犬那樣，原地看看就走，也就罷了。也許它是來給我一點提醒的。但是我執迷不悟繼續往前走，繞過茶舖子，走小路上茶園。

繞過兩個彎，我就沒法走了。我明白了這一路上的山景為什麼有如此難言的猶豫，我看見那個秘密。

哪有茶園呢？整片高地剷平了，茶也沒有，樹也沒有，變成了高爾夫球場。像天空一樣沒有深淺的一大片綠草，在秋陽下寂寂發光，彷彿滄海桑田的惡夢一場。

我想我可以忘掉這條山路了。

微涼的早晨

在即將進入冬天但還沒有那樣濕寒的日子裡，雨總是要下不下的，非常躊躇，很像在這種早晨每一個人對於起床出門的心情。

那些緩慢微涼的周日早晨，從柔軟而歪斜的枕頭上醒來的時候，房間裡半明半寐的狀態看起來那樣安祥，棉被的狀態這麼鬆軟，百葉窗外的光線看起來像是黃昏，或是陰天裡任何一個曖昧不明的時刻。這種時候，四肢的狀態非常自由，而眼前空白的、無所是事的一整天又那麼令人期待——令人期待，恰恰因為它無事可做。

尤其是那種陰了一整天，最後會忍不住在黃昏時下起雨來的冬日，黃昏的雨像是一整天等待的結果。

中午的時候我會坐在廚房裡看報紙，廚房的溫度比屋裡其他房間都暖和，廚房窗子面對的這一條後巷，不知道為什麼，星期日總是特別安靜，特別沒有聲息，彷彿無人煙。淡淡的光線透過玻璃滲進屋子裡來，冷空氣已經先在玻璃窗上結了水氣，咖啡的香氣和烤麵包的甜軟融合在一起，成為一種富有啟示的人生氣息，有一點苦，有一點甜，卻又極其簡單而平凡，即使是草草地煎一顆蛋，那油煙的焦香也讓人感到和諧、平安，是星期日的早晨應有的氛圍。

微涼的安靜和溫暖使得這一刻比其他時刻更明顯，雖然它什麼事也沒有，雖然我只是發著呆，讓時間過去，這種感覺像是特別緩慢的金黃色蜂蜜，慢慢慢慢地，滲透到麵包的每一個孔隙裡，讓它發亮、柔軟、而且滋味豐足。像記憶之於人生。

在緩慢微涼的氣氛裡，一切事物總是躊躇不前，它們非常朦朧，既不繼續往未來前進，也不向後追溯，它們的狀態充滿了不確定，而且自外於天光稀微的世界。

這種早晨會讓我想起在國外唸書時的某一種早晨，我住的地方附近有一道斜坡，斜坡上有一片草坪，草坪上一座紅磚砌成的教堂。那個教堂敲鐘的時間不甚固定，星期日中午彷彿是固定要敲的，但也有完全沒聽見的時候，另外有一些無意義的黃昏，它又會特別敲了起來。

平常的日子裡聽見教堂鐘聲會感到一種異國的清幽和雅致，但是在欲雪的冬天聽見鐘聲，就別有一番滋味了。天冷的時候鐘聲特別清響，彷彿連玻璃窗都起了共鳴，如果陽台上有霜，那霜彷彿都要因此而碎了。

那些欲雪的陰天，我也一樣坐在廚房裡看報紙，喝咖啡。那個廚房是狹長型的，很暗，但是我喜歡在那裡讀書勝於書桌。我在餐桌上擺了一盞綠色的小燈，咖啡的熱氣在綠光下裊裊上升，我總是一邊翻看星期日的書評版，一邊躊躇著，今天會不會下雪呢？該不該出門上圖書館去唸書呢？

總是這麼躊躇著，有意無意等著教堂敲鐘。有時候，我心裡會想，讓上帝決定吧，如果敲鐘了，我就去學校唸書。

如果這樣想，則那一天多半特別安靜，不但沒有鐘聲，連烏鴉的叫聲也沒有。我坐在微暗微涼的廚房裡，不知道在等什麼，只是等著，等著，繼續喝第二杯咖啡，烤第二塊麵包，看著蜂蜜緩緩滲入焦脆的麵包縫隙。

我會一直處於半期待的微涼狀態，直到天黑，彷彿等著天啟，又彷彿守著不會來的信差。就這麼不唸書也不做別的事，只是晃蕩，從七樓看出去，看暮色一吋吋降下來，屋子在寂靜中一絲絲暗下去。窗外乾枯的樹枝沒有葉子也沒有果實，空的，看起來孤獨，舒坦而開闊。

過了六點，鐘聲未響。雖然等待落空了，卻也鬆了一口氣。

我常常在微涼的時刻想起那些莫名其妙的等待。我一直記得那種令人費解的心情，一面感知時間的消磨，一面希望自己的等待落空。

躊躇的時候光陰特別緩慢，特別清楚，我還記得那張餐桌上的木紋，有時候看起來像是深淺的哲理。我趴在桌上，從微暗的廚房往窗外看，把人生裡需要擔憂和努力的一切都忘掉，都讓等不到的鐘聲來決定。

那是一段躊躇不前的歲月，有時候不經意等著雨，有時候等著雪，等著鐘聲，等著某種信號，或是彷彿別有意涵的其他物事，我希望他們以某種隱密的暗號告訴我該怎麼做，我希望他們對我喊停，跟我說在這裡停下，在這裡停下就好，不必再往前了，不必這樣努力向前了。但是他們從來沒有給過我這樣的信息。

現在回想，那些躊躇不前的日子，他們不但沒有被消磨掉，反而像蜂蜜一樣，滲透到人生的縫隙裡去了。

夜晚的溫度

過完年之後的某一個星期五，我和幾個朋友相聚，四個女孩子慢慢兒喝一瓶智利紅酒，橡木桶的香氣和酒精濃度都剛剛好，一口一口，喝了四個小時。

走出酒館的時候恰好是半夜，有點冷，可是空氣中有種特殊的氣味和質素，使得寒氣不那樣尖銳，甚至有點柔和。在出版社工作的朋友伏案改了一天的稿，此刻還是改不了喃喃自語的習慣，說：「啊，這種冷其實不冷。」

不知是誰輕輕打一聲噴嚏，像火柴劃過夜晚的聲音。

這大概就是春寒了，圓潤得像一顆可以握在手中的綠玉，冷，又滑。路樹靜靜地從土壤中發出成長的聲音，紅磚牆蒙上淺淺的水氣，不知名的陽台內，孤單的狗吠了，空氣中瀰漫植物芽苞的氣味，濃烈的水的腥氣，某種青綠色的氣息，可能是青苔，或者是草，或者是遠遠的山的呼吸順著晚風，吹過來了。

我慢慢走回家，經過一個賣麻油雞的攤子，燈火通明，滿座。這攤子的老闆娘嗓門很大，常常和對面海產店的人拌嘴。這一回也不例外，一邊做生意，一邊烈火烹油地罵，整個攤子週遭的溫度都提高了十度。客人冒了滿頭的汗。

遠一點的地方，收廢紙的太太在路邊整理成疊的瓦愣紙箱，有條理的，不慌不忙的一捆，一捆，又一捆。她有一隻黑白相間的雜種牧羊狗，每天陪著出來，坐在水銀燈下看著她，狗與人都清清爽爽。

經過某一條巷子的時候一縷不知名的花香毫不吝惜地從隱匿的角落向路人傾洩它的處境，它比誰都更激烈地活著。這花香非常熟悉卻難以言說。以語詞描述一種不知名的花香就如同講述一朵雲的形狀或一抹月光的影子那樣不可能，那樣徒勞。像某一種午夜醒來幽密的夢境，在那種夢裡你只有無限的感覺和情緒卻沒有話語或記憶，醒來以後心神不寧卻說不清為什麼，然後它就成為一條不起眼的線索，埋伏在人生裡，像是隨意安插的伏筆，等著你在將來不經意的時候牽動它，它就響起了清脆的鈴聲，使你從多年前的那個夢裡恍然大悟地重新醒來。

我想起了什麼。卻說不出來。說不出來。說不出來。似曾相識，是一種一切都在邊緣的感覺。

像是白色的花兒，不是玉蘭，不是野薑，不是茉莉，也不是夜來香。

我一直站在原地，收廢紙的太太帶著她的狗緩緩經過我，她和狗都看了我一眼。我知道自己的突兀，只好從袋子裡拿出手機假裝要打電話。

他們頓了一秒。我知道他們也聞見了那迷惑的花香，黑白牧羊狗怔了，它甚至錯亂了，它回頭，往我這裡走來。

我定眼看著它，我想它也許要開口對我說出神諭來，我的心情激烈如花香。等著。

廢紙太太停下來等它，它走過來在我腳邊嗅了一圈，無言，抬頭看我，又走回廢紙太太身邊。

廢紙太太跟我說：「這花香得！」

恍惚地，我開口：「欸。」

春寒的夜晚，溫度與香氣就和這些攪拌在一起。狗的凝視和語言的失落，及其他。

失眠城市

失眠的城市自有它清醒的理由。也許是憂愁，或是興奮，也許是孤獨還是別的什麼。潮濕的冬夜它徹夜醒著，聽著自己內心的噪音。悶熱的夏夜它像一道紛亂的河流，有什麼力量在裡面即將要衝出來，想要叫喊，並在海邊奔跑。偶爾它也有冰冷凜冽的月光，和曇花隱蔽的嘆息。人們可以把哀傷的部分交給誰的肩膀，快樂的部分交給烈酒或煙，清醒的部分留著，天亮再說。

失眠的城市自有難言之隱。它的時態不明顯。有人過著另一個時區的生活。它為了另一面的事件歡呼，為了某一個數目的跌落而垂淚。它雖然過著黑夜，心裡卻是白晝——白晝的時候它也還是白晝，可是是一種困頓的天光。另一端的時間支配了它的心跳和思考，它在這裡，想著那裡，它像一條追著自己尾巴的黑白小狗，繞著圈子轉，黑的白的，黑的白的，日子都花了。

失眠的城市自有它聒噪的理由。半夜裡有人吃早餐、午餐或晚餐，並且聊天。有人打牌。有人扯開喉嚨高聲歌唱。有人吵架並且怒吼。有人繾綣大聲呻吟。有人喝酒無法停止胡說。有人將電視的音量填滿了每個孤單的房間；有人以鍵盤的清脆敲打替補了夢的缺席。在那看得見的纜線與看不見的電波裡，大量的聲音以靜默的形式流動並保存：更熾熱的殺伐和絮語、更惡毒的謾罵、更恐怖的詛咒、更空洞的喃喃自語、更多的文字和語詞大量地生產出來填補睡眠的缺席。在失眠的城市，失眠的內容物乃是喧嘩的無聲之聲。

失眠的城市有許多夢。它不必在睡眠中尋求夢的補給，對於任何城市而言夢的庫存永遠足夠，它平時的餵養遠遠超過它的需要。但是當它沒有夢想的時候，它比荒原更淒涼，人們忽忽疾行，在城市的各個角落尋覓僅存的夢，並且不斷從餵養的管線裡搜尋新的補給。偶爾，也有夢想過多的時候，那時整個城便躁動了，人們群聚在一起，吶喊，歌唱，舞蹈，並以為狂喜是永恆的狀態。夢的營養失調使人無眠。

失眠的城市沒有日月星辰的概念。大量的燈取代了天光，它因而得以擺脫夜的束縛。因此城市繼續清醒地燃燒，電和磁波和情緒是它的動能。失眠的城市也沒有什麼節約的概念，它喜歡浪擲能源生命青春金錢眼淚汗水情感和所有一切有價值的東西，在那樣的放縱裡有時候夜晚的生命比光天化日更熾熱。

深夜在街頭溜狗的人走長長的紅磚道，在白鐵椅上繫鞋帶，眺望空冷的高樓。巷子裡走出酒館的人將衣領豎起來，踉蹌仰望迷離的水銀燈。排班的計程車司機三三兩兩聚在一起抽煙，張望，百無聊賴。少年男女在騎樓底擁吻。獨自開車的男子將手肘擱在搖下來的車窗上，瞇起眼睛來吸煙。剛剛加班結束的人走到夜市去買宵夜。收垃圾的人緩緩地一步一步走過去。超商裡的工作人員，整箱整箱地，排列牛奶和麵包。警車在街腳歇憩，天下太平。

夜晚零落而緩慢，收音機裡面講話的人輕輕地提醒，明天還很遠，先聽一首歌吧。靜靜醒著的那些人，薄晚支頤坐，生活中難得孤獨的時刻。

失眠的城市再也沒有睡眠的困擾，精神科醫生在喃喃自語中沉沉睡去，他們開了更重的藥方子，並默默嘆息與搖頭。人們苦思昇華的辦法，卻總是在靈感出現的瞬間，睡著了。

閑花

假日和媽媽去買花，看見某個不知名的新品種進口花卉，媽媽說：「這種紫色很美，不知道有沒有香味？」我的直覺是，顏色美的就沒有香味，湊上去聞，果然無香。我們一時興起，還是買了。

我不記得人生裡第一次出於興致而買花是什麼時候了。如果能記得第一次「因為高興所以買花」這樣的心情，不管隔了幾年，想起來還是會微微一笑吧。

我倒是記得第一次自己買的花——大概是紫色的洋桔梗。這種花不那麼普及，所以才特別買它。洋桔梗的花瓣略帶皺摺，花朵有點垂，看起來像是低著頭別過臉去的女子，身影很單薄、低調、沉靜而沒有香味，放書桌上剛好，所以就更喜歡了。

仔細想想，會這麼喜歡低調而且無香的花，恐怕是因為老家的那個院子所致。那院子總是充滿了濃密迫人的花香，整個院子的香花兒幾乎是一年四季不間斷地以它們自己的方式喧鬧，或是吶喊。有時候秋天的桂花那樣香，坐在花蔭的石椅子上，薰著薰著人就睡迷了。有時候是含笑，整個院子甜爛得像一罈酒釀；有時候是滿架薔薇，香氣猛烈得像夏日的雷雨；玉蘭花又幽幽的時常叫人晚上睡不著；冬天的梅花和水仙尤其如此，冷香，完全是醒世的凜然氣息。香氣是花朵不眠不休的言詞，像個漂亮的鄰居太太，只是聒噪了點。

那院子也有沒氣味的花。爺爺養蘭，蘭花沒有氣味。這種花特難伺候，所以不講種蘭而叫做養蘭，感覺上是供奉一種尊貴的寵物。養花的道理是磨功夫的道理，越難伺候的花就越叫人懸念，成了心裡的牽掛。有一天夜裡，那些蘭花被人全數給偷了，一株也不剩。爺爺只好看破花事，也沒別的話，只說，幸好蘭花沒有香味，不會讓人一直覺得家裡少了什麼。

另外也有彷彿無香的大菊花。菊花雖然碩大，香氣卻是若有若無的，非常淡非常淡，彷彿極力將自己隱匿起來。如果和其他植物在一起，菊花就沒了氣味。若是單擺一盆菊花在廳裡，就會聞見一種植物的單純的清香。

我曾經讀到一段話，列了幾個人生的恨事，前面忘記了，只記得有一段是「一恨海棠無香，一恨鰣魚多刺，一恨紅樓夢未完」。紅樓夢沒寫完確實是一種遺憾，不過我印象更深刻的卻是，海棠的粉紅色已經非常嬌嫩了，如果那顏色有香味，可能比草莓果醬還要甜膩吧。

長大後，我自己種或買的花都沒有氣味。

我在陽台上種了兩株山茶，大概沒養好，它們始終病厭厭的。這品種的花是雪白的，落花的時候，啪答一聲，沒有一點猶豫，整朵掉下來。

這是它唯一的聲音。

雨季

梅雨季一來，日子就難了。

早晨起床的時候，眼睛還沒有睜開，總是先聽見各種潮濕的聲音，雨淅瀝淅瀝打在所有的陽台和屋簷上，街上過往的車輛沙啦沙啦疾行過水灘，窗口啪答啪答，排水管咕嚕咕嚕的——在床上翻個身，嘆一口氣，又是嘩啦啦，濕淋淋的一天。

下雨的這一天，世界就成為一股急流，寂靜的事物發出比平常更複雜的聲響，因此世界的行徑也比日常更曲折。

然後這一天就像一場不順遂的紛亂的夢境，所有的人都困在熟悉的場所裡團團轉，走不出去。公車更捉摸不定，車道更混亂，人行道也更狹窄更雜沓。忘了帶傘的那些人們，前途受阻，站在店家的門前懊惱著，發愣，漫無目的的等，眼神露出難解的空洞和寂寥，並且面目就像雨裡的窗玻璃那樣模糊。梅雨季天天下雨，照理說傘是天天要帶的，可是人總有那麼一刻虛妄的幻想、賭氣、或是健忘，就是有人會不帶傘。一時失算，只好就這麼赤手空拳的面對水窪子般深沉的一天。

有傘的人，就牽牽絆絆提著裙腳走過濕滑的瓷磚地，踮過水汪汪的十字路口，瞻前顧後在滂沱的雨中行走，怎麼走都不對，撐傘也沒用，走起來依舊有窮途末路之感。

梅雨時節特別使人感到無常。有時候在密閉的高樓裡關了一上午，進去的時候感覺天光還好，地是乾的，小春日和，有放晴的態勢，因此整個早晨的心情都還停留在陽光的開朗狀態裡。誰知道，正午一走出大樓來，發現局勢丕變，雨下得悽慘而徬徨，天是黑的，地上是白花花的水，頓時感到滄海桑田。然後，整個下午寒氣從濕了的高跟鞋腳尖慢慢沿著腳踝涼了上來，怎麼也乾不了的皮鞋黏在腳上，像一灘化了的冰淇淋。

就這麼帶著大雨的水漬繼續工作，並且不時從樓梯間的小窗裡擔憂的窺望天色。

驟雨不終日，將近黃昏的時候雨停了，停得莫名其妙，趁著空檔匆匆趕回家，一進門，雨又在身後下了。那感覺像是天有好生之德，給人留了一條回家的後路。關門前回頭看黃昏的雨色，霓虹燈分外淒楚。

梅雨季的夜雨通常斷斷續續的，有心事的人難免斷腸，沒有心事的人呢，爽爽快快洗熱水澡，吹乾頭髮，在明亮的屋裡看淅淅的雨劃過路燈的光，腳上一雙乾燥的室內拖鞋，喝一杯熱茶，吃一片乾脆的海苔煎餅，地板乾乾淨淨，即使有淺淺的灰塵，此刻也覺得是種乾燥爽利的狀態。

這樣的日子，傘都弄丟了好幾把，鞋都濕了好幾雙，遲了好幾次的會面，取消好幾次的活動，芭蕉的葉子抽芽長得飛快，路邊的苔色青苗苗的，野地的貓兒躲進了人家的停車庫取暖。被別人的傘戳了幾次頭，騎樓下發過幾次呆。跌跌撞撞在雨裡滑過一跤，膝蓋的淤血始終褪不去。

梅雨以柔制剛，眾人只好狼狽低頭，過了一段昏沉且馴服的日子。

一閃而過的念頭

有些念頭宛若夏末的卷雲，無法久待，絕美或淒涼，心頭一陣起伏，秋雨一來，散了就散了。樹影子細碎紛亂的投影。河邊參差青碧的水線。飛鳥長空的悠鳴。窗玻璃上的倒影。螢火的明滅。來路不明的旋律。錯過了的陣雨。諸如此類，一閃而過的念頭。

夏日的尾聲一切都宛若一閃而過的念頭，某個曾經的空缺已經如同蟬聲那樣遼闊不可測，不會再有誰在花叢裡踱步，也不會再有黃金獵犬在草地上長長的奔跑，不會再有人吹口哨，或肆無忌憚地嘻笑。他們轉往林子裡去了，在那裡有更多的果實和落葉，更適於緩緩的張望，出神，更適於在風中梳理鬈曲的毛髮，並且放下偽裝。

已經放手的風箏將繼續懸掛在樹梢，已經漂走的緞帶將繼續偽裝成水草，黃昏的雨不會再擾亂誰的思路，不會了。

然後念頭總是留不住，今天想起來，明天就躲在風景裡，彷彿看見它，又彷彿只是幻影。什麼也記不住，可是又明明知道有什麼被忘記了——不知道忘了什麼。這是一種不徹底的遺忘。這感覺像是哪裡來的灰印子，印在身上拂不掉，也不知道是剛剛沾上的，還是已經一陣子了。

於是我開始記憶的練習：記住那條橋和白鷺鷥的關係。記住這雙鞋和紅磚道的關係。記住那一棵柚子樹。記得這個風的感覺。記得絲瓜藤的鬚和籬笆。記那貓的神色。那狗的姿態。這盞燈。那壺茶。

然後它們就如同生命中的時時刻刻，如水一般輕柔婉轉地往四面八方流逝了。更久遠的細節有時候會像黎明前的夢那樣靜靜浮現，有時候不會。一閃而過的念頭有時候是從時間之流浮上來的，它們像沉在深海的船骸，總要過了很多年，才會重新被你憶起。

我不太記得，第一次因為高興所以買一瓶紅酒自己慢慢兒喝是哪一年了，也不記得那酒是醇是澀。不記得第一次因為感動於瓷器的美而買的茶杯是哪一只，不記得

第一條桌巾和第一套椅墊，不記得第一次喝到昂貴的紅茶是幾歲，不記得第一次嚐到精純的巧克力是在何處，不記得第一次在雪裡滑倒是在哪個街角。我也忘了從何時開始，我漸漸知道這些小事的意義而且試著記得它們。

我還記得的是，第一次覺得紅酒好喝大概是一九九六年份的加州納帕山谷蘇維醺。念念不忘非常想買但始終沒買的白瓷杯是柳宗理的設計。我非常喜歡的桌巾是一幅手工白色的愛爾蘭風蕾絲鉤針。昂貴的紅茶也許是在紐約喝的。精純的巧克力，大概是在日本朋友家裡吃過的最令人難忘。還有，在雪裡滑倒其實很痛。

我想當時的我必定也是千方百計告訴自己要記得，要記得，結果還是忘了，還是讓它們沉下去了。也許多年後的哪一天它們又會浮上來，又會在散步的時候亂了步伐，在秋雨裡散得宛若黃花。

野草

在城裡走路，多數的人都有明確的來處和去處，即使是漫遊者隨心所欲地走，最終還是有個安身立命的門可以推開，進去，棲身其中。沒有固定來去處的人，心裡飄飄蕩蕩，張望的身影落寞，若不是遊民，就是過客了。

城市的風景難說是雜亂還是井然，要說它結構森嚴，幾隻在安全島菩提樹下點頭散步的白鶺鴒就破解了封鎖，倚在路邊摩托車上遠遠地瞧著它們的白衫男子，看起來也彷彿像它們一樣自由。某些意外的時候，以為是花木扶疏的角落，走過去，赫然發現樹上長滿了蟲，葉子有病，石椅子底下爬著螞蟻，本是給人歇憩的角落現在讓蟲子征服了，角落的青苔和蛛網暗示了人類的棄守。偶然經過海鮮餐廳後門，滿地腥味的水和魚蝦的殘骸又襯得那高朋滿座的前廳看來更不堪，更淒涼，蹲在大水桶邊上洗碗的老婦，腳上穿著塑膠高筒黑雨鞋，濕亮濕亮，比不遠處停車場裡的朋馳轎車更黑。

二十層樓高的大廈外，小花圃的方寸之地植幾株了山茶花，花開花落的時序和山上完全不同，山裡都野火也似的開遍了它才含苞，它開的時候，山裡早都過了季節，它也渾然不知，就這麼在街市之間捉襟見肘地開，零零落落地謝。它旁邊幾扇窗子，黑的，鐵窗做得極美，斜格子人字型的幾何圖有一點古風，那後面如果是紙糊窗子就更對味了。幾株山茶因為那斜紋鐵窗的緣故，氣氛幽然而且完整，看起來彷彿有某不為人知的身世，自成一種煙塵嫵媚的面容。

有時候是在這樣細微的地方顯現一個都市的精神和氣度，一張椅子寫了一個鄰里的歷史，一個轉角的樹蔭就扭轉了城市的風景，行色匆匆的路人也會為了路邊人家的窗台和花圃而駐足，一盞路燈，俯照多少夏天夜晚的飛蛾和徬徨野狗。

最引人深思的還是椅子。椅子如果不是在它尋常存在之處，就忽然意境深遠。某個海水浴場邊的紅磚地上，一排破爛的木椅子面海擺著，也不知是等待，還是召喚，令人驚心。在擾攘的街頭意外出現一張長板凳，古董模樣，彷彿它依舊兀自唱著南管小曲，也一樣叫人懸念。

有個黃昏，我在人行道上看見幾個小孩大呼小叫地玩耍。他們的嘻鬧聲讓我感到親切，因為如今在台北市已經很少看見路邊玩耍的小孩了，我放慢腳步側眼看他們玩什麼遊戲，一看，就呆了。

人行道上擺著一只舊沙發，一台又髒又黑的電視機，還有幾袋垃圾，大概那附近稍早有人搬家，清出大型垃圾堆在路邊等車子載運，這群孩子圍著那沙發和電視機玩某種他們自己即興發明的遊戲。一個孩子坐在沙發上面對著空無一物的電視，兩手蒙著眼睛大喊：「難看死了難看死了難看死了難看死了。」反覆喊好幾遍，路上行人紛紛側目，另外的幾個小孩繞著電視機跑，有的做鬼臉，有的蹦蹦跳跳，這個沙發上的孩子突然大喊，停，繞著電視跑的孩子們就停下來，其中一個喊「哎喲我死了！」就換他做鬼，坐到沙發上去蒙眼看電視喊「難看死了」。

我看著他們玩了兩輪，完全搞不清楚究竟怎樣才算死了。

其中一個小孩告訴我，就是，觀眾喊難看的時候要繞著電視跑，觀眾喊停的時候，誰停在螢光幕前面，誰就死了去做觀眾。

我駭然，又想笑，又激動，沒有比這個更直接更批判的行動了，這樣渾然天成，是一二三木頭人的變形，但是又這樣具有生活感和時代感，這樣切身地感到台北的生活紋理。小孩不在的時候，沙發電視擺在路邊像一種展示性的公共藝術，他們繞著它玩，就像一齣發人深省的街頭行動劇了。

我彷彿被醍醐灌頂，整個人都醒了，那群孩子繼續像傳說中的醒世童子在路邊玩，我笑著走開。

路邊事物野草閑花常有公共藝術的精神，像一把掉在森林裡的弓，人遺之，人拾之。你看見也好，沒看見也就罷了。

行走的意外

捷運站和電扶梯通道是少數不受風雨干擾的公共場所，它們是交通的樞紐節點，人來人往的，每個人看起來都那樣堅定，那樣目標明確，每個人都知道自己的方向，一分鐘也不多留。也許這空間太有效率太功能取向了，令人驚喜的意外不多，即使有，也是規規矩矩的，計算過的，框得安安穩穩，有一些燈箱廣告頗有趣，但還是非常乖巧。台北的捷運彰顯了驚人的文明規馴，滿天的監視器，牆上連一道塗鴉都沒有，叫人一則以喜，一則以憂。

捷運每一列車的間隔大約四分鐘左右，因此，捷運站台是以四分鐘為基準的空間，站台上的人潮以四分鐘為間隔而波動。胡思亂想，也就是四分鐘的長度。

有時候，等列車到來的四分鐘之間，我排著隊，望著那些現金卡和房地產的廣告燈箱，我想如果那一大排燈箱是洪東祿跨千禧的作品美少女戰士、春麗和綾波玲，不知道會如何。又或者，如果西門站裡的燈箱全數換上了袁廣鳴的人間失格，內外對照，不知多麼有趣。車廂裡的小電視如果不是循環播放政策廣告和兒童節目，該有多好，若是能播放剛剛得了國際大獎的動畫短片，就更好了。北投站的設計非常乾淨；中正紀念堂那站的藍天白雲燈箱，還有吊著的鋼管作品，真是非常切合那一站的感覺；古亭站和南勢角站的彩色懸吊作品很有意思；忠孝敦化站的甕牆究竟要告訴我什麼呢？天天乘坐的木柵線上，有什麼有趣的東西嗎？除了每次在辛亥站上遠遠看見的幾座墳之外，我什麼也不記得了。

然後四分鐘就到了，我就上車了。

在車廂內，在那種燈光下，我總是不斷想起許鞍華的電影幽靈人間。如此青白的燈光大概是有寓意的吧，為什麼在地底下的建築照明，總是這麼幽微，這麼昏沉，這樣拘謹小心，彷彿蓄意提醒路人，來去匆匆，別忘了浮上地表。

坐公車就是另外一件事了，公車是揮灑自如的意外，車身外的廣告整片整片地把車子給包裹住，什麼樣的創意都有，大鳴大放，生怕你不看它，生怕你忘了它。公車裡的人，坐著的看窗外，站著的全盯著與目光同高的車內平面廣告，它們貼得厚厚的，拉得極長，大概就是左眼餘光到右眼餘光的長度，不需要轉頭還是可以清清楚楚看它。

沒有什麼像公車內外廣告這樣親民了，我想。

當然，不常有人踏上去的地方，也有一點意思。從聖誕節一直到隔年元宵燈節的三個月期間，台北市主要圓環和安全島上一定放了應景的燈泡和相關作品。大部分的時候，馬年就是馬，羊年就是羊，有時候有風車和小屋子，或是以五顏六色的花擺出文字陣，擺出那一年的年份來。

走過忠孝東路和敦化南路交叉那一段路口，我常常抬頭探望那個燈牆，白天裡看不出端倪，晚上它才有意思，原來是一棵樹的燈影。剛開始我以為它是面政令宣導牆，樹影子只是測試，我總疑惑它某一天會開始跑馬燈，告訴我們什麼時候要繳稅，好市民不闖紅燈，酒測罰款提高，或是腸病毒猖獗請大家多洗手，等等。過了很久才有人告我，那棵樹的燈影不是虛應故事，那棵樹的燈影是那面牆存在的唯一理由。

「真的不會哪一天開始跑馬燈兼做政令宣導嗎？」我問。大家笑了，可是沒有人敢保證。

另一邊的安全島上，有個令人印象深刻的景象，幾年前它剛剛出現的時候我莫名地感到哀傷，我認為那是一種都會的象徵。一個巨大的紅色鳥籠框住一棵小樹，籠子上一隻黃色小鳥。籠裡的樹看起來格外孤零零，彷彿被鐵籠罩住，再也長不大似的。我隱隱覺得這也許是對於牢籠一般的都市生活的某種反省，綠樹一定會慢慢兒長大的，自然的力量無法被箝制，籠子有一天會失去囚禁的意義，只要那樹夠高，它的枝椏伸展出去，它的根往下扎去，它不會在乎有什麼東西罩著它。

因此我時時注意那棵樹，我希望哪天看見它撐起那籠子繼續望上長。我大概賦予它太多自己的意念和投射了，但我希望它破籠而出的意義正如同紐約聯合國廣場上的那個槍口打結的和平雕塑，正如同許許多多的作品，刻意的或意外的，擺在路旁，對著我言語，渾然天成，他們說什麼都好。

山居

台北是個周邊環山的盆地，站在台北市中心任一點往四面望去，都開門見山。在台北過山居生活其實沒有想像中困難，只要能忍受每天上下山的通勤問題，又或者，做一份不必朝九晚五的工作，則「採菊東籬下，悠然見南山」的境界，只在一念之間——山水自在，悠然與否，存乎一心。

傍山而居的人家不一定是深宅大院的別墅，也不一定是獨門獨戶的小山房，台北沿著山道兩旁蓋的大樓社區已經漸漸像香港那樣普遍了，這種樓雖然是公寓單位，晨昏卻比別人多一層的雲影天光，日子也比人多幾幅花鳥蟲魚。這種大樓的陽台盆栽看上去綠意盎然，彷彿這些花草日夜吐納著山氣，吸取日月精華，因而漸漸有了自由意志，欄杆也擋不住這些盆栽植物，一個個伸長了手腳，要回山裡去。

這種社區的小孩子過著半都會半鄉下的日子，他們也在社區公園的小沙坑裡玩耍，上下樓也一樣搭電梯，上下學搭公車。但是很顯然他們的遊樂場擴展得極遠，後山雲霧間的道教寺廟也是他們的參考指標，更遠一點的轉播塔，恐怕也有幾個孩子王瞞著大人，偷偷地去攀爬過了。玩捉迷藏的時候，他們還是得小心蜂螫和蜘蛛。他們一樣有整個夏天的蟬鳴、秋夜裡的蟋蟀、每日早晚的雀群。

沿著山道往上走，樓層就漸漸低了，少了。山越高，樹群的姿勢越從容，鳥鳴越來越清澈，天色也越來越開闊。沒了大樓之後，偶爾還見得到零零落落改建的現代農舍，紅瓦白窗，有歐洲味。農舍沒了雞鴨豬牛，狗貓倒還在，門前的曬穀場成了車庫，一旁的自家菜圃爬著絲瓜藤，不經意地留下一絲田園風光。

這些人家天天垂望煙塵人世，居家時光和生活氣度似乎比世人悠長，有幾戶每逢假日必定在大門前放一大壺茶和幾隻白色花園椅，供給登山健行的人休息解渴，展現人飢己飢的精神。他們習於騎腳踏車到幾公里外的鄰居家小坐，帶狗兒散很長很長的步，或是乘坐山區小巴下凡來辦事。

或者，他們也沒有別的事兒，就日復一日從書房的窗子裡，百無聊賴地，幽窗棋罷，閑看早春的櫻花，初夏的白桐花，中秋的桂花和月亮，冬日清晨的白霧和薄霜。

短巷子

台北的巷道以長聞名，有一些幾乎可以和正路一爭長短。長巷風光細膩而且複雜，頗有意思，但是短巷子也一樣有它的老式趣味。

有長巷子，就有短巷子。短巷子能有多短呢？大概就是像盲腸一樣，只得一個出入口，兩三門戶，那樣的短。短巷子也窄，最多僅容一輛腳踏車，連摩托車進出都有困難。通常這樣的短巷子有長歷史。看得出來，當初蓋它的時候，心裡想的只有人，路上走的也只有人。

老社區裡有不少這樣崎嶇的短巷，有時實在猜不透，是什麼樣的社會狀況讓這些屋子這麼緊密地擠靠在一起，雞犬相聞至如此境界，齊肩高的老磚牆，比牆更矮的大門，彷彿是為了聲息相通而設置的。人坐在屋子裡，隔牆經過的是誰，為了細故爭吵的又是誰，瞭若指掌；人站在牆外，屋裡唱的是哪齣戲，炒的是哪道菜，心知肚明。

短巷多半也是死巷，巷子底通常是另一戶人家的後門，那戶人家前門向著他處，後門開在這兒，他們和這條巷子的關係就因此有點曖昧，不像其他幾家住戶這樣親近，但是也不至於不相識。後門的意義與前門不同，從後門出入總是比較匆匆，需要繞捷徑趕時間的時候才走後門，因此人們不太花心思敷衍後門的鄰居。巷子的住戶也明白這道理，知道自己成了人家的後院子，所以巷裡的婦人家有志一同議論的，大半也就是後門裡的是非，小孩如何，買菜的時候如何，先生的生意如何，如此這般在背後講著。不厭其煩的陳穀子爛芝麻，夏天的黃昏，蚊香煙，塑膠椅，圓紙扇，婆婆媽媽，永遠的敦親睦鄰。

當然，老房子必有小院子，老樹，叢花，短巷也不例外。說也奇怪，這樣的院子裡種的都是果樹，季節一到，整棵樹的果子沉甸甸垂出牆來，不摘可惜。

午睡時分的巷子一片寂靜，老人家都寐著。大人不在，小孩不甘寂寞，在區區幾尺的巷子裡玩。嚷得大聲了，某一戶的奶奶就從窗子裡斥喝：「猴囝仔，小聲點。」另一戶的楊桃結了果，孩子們從牆外一個搭著一個，偷偷摘了吃，吃得忘形了，那楊桃人家的老爺爺就隔牆說話了：「囝仔，摘兩個就好，吃多了肚子疼。」只聞其聲，也不見人在哪兒。

孩子們於是更大聲地笑了，一面啃著楊桃，一面吆喝著，到別處去玩了。

午後的陽光

斜的。直角三角形最長的那一邊。什麼都能夠從那斜面上滑下來。

春雨終於停了以後，時間也莫名其妙停頓了。也許是春雨留下的水漬太潮濕，但也可能與初夏那種搖擺不定的陽光不無關係，一種彷彿與時間無關的光。

某一年的春天我感覺時間特別長遠。那時我整天關在家裡閑晃，晃蕩久了，人就恍惚了。那陣子不論是夢或者心事都極清淺，我天天睡到中午了才睜眼，醒來後也不特別做什麼，只是躺著看窗外，靜靜的。近午的天色沒有什麼堅持，這時候我覺得自己輕極了，連夢的重量也沒有，像一朵接近天堂的雲。

發怔了一會兒，過了午，回了神，沿著光的斜面，漸漸滑落塵世。成了一只有裂縫的青石。

那陣子不知什麼緣故，我整天空著臉，曠著日子，帶著若無其事的表情，飲食並且晃蕩。我反覆地聽德布西的前奏曲集，那些曲子怎麼聽都覺得空洞而且模糊。

我也嘗試看班雅明的文集，但那書當時讀起來像是個比我更恍惚的人寫的。這段心神散漫的日子很長，我自己當時絲毫不覺得這是個奢華的舒爽，也不知道那緩慢的時光會如何延續。現在回想起來，大約有半個春天，一個夏天和半個秋天那樣長罷。總之，生活裡幾乎沒有刻骨銘心或刻不容緩的事物，整個兒空了。那種生活像一支零零散散的鋼琴曲，陽台上清亮的光影，清楚卻沒有實體。

每一件事都看不出獨自的意義，聚合在一起卻相互暈染成一種難以指稱的氛圍。大半的時候我只是朦朧躺著，看窗外藤蔓的新芽往蔭涼的角落自在伸展。

偶爾我會嘗試思索這個空洞的狀況，偶爾我也會想要終止它。或者我想我應該做點什麼，敲敲自己的頭，看看靈魂還在不在。或者我想我也許記得昨夜的夢，也許它預言了什麼。我想我是否該想些什麼，不過我只感覺到自己整個人空了，沿著那光的斜面往下滑，往下滑。

那些自天堂滑落世界的下午，我躺在距離陽光咫尺的陰涼之中，眼睜睜看著木地板，白簾子，日光，流雲，橡樹，看不見的風紛紛沉澱在身邊，遲緩深刻像來不及淘汰的夢想。

但不是我的夢想，我沒有什麼念頭，只是張望這寧靜而長久的一切，天地、日光和睡眠。

然後，我會試著發出一聲小小的叫喊，從身體內部衝出一口氣，打散無聲的狀態。聲音擾亂了光影，我聽見自己在虛空中突然顯現，賦予形體，瞬間填滿了存在。宛若一隻午後的蛙跳進了蓄滿光波的池子，那影影綽綽，細小且安靜的永恆，便因著我的叫喊而破解了。

我就這樣慢慢地從午後的陽光中醒來，醒得很慢，我常以為時間已經停頓了，但其實停頓的是人生。我不知道在哪兒跌了一跤，可世界仍然像藤蔓一般盤旋長著。

然後秋天就到了。

失眠的秋日晨光

某一年秋天，我寄宿在舊金山朋友的客廳沙發，那幾天我因為嚴重的時差而一直醒著，白天醒著，夜裡也醒著，醒得不能再醒，眼睛睜得透亮，彷彿我逐漸成為某種物體，再也不需要闔眼或作夢了。

舊金山秋天的晨光有失眠者特有那種的堅持。

清晨的時候，我躺在少有的安靜中眼睜睜看那一寸金的陽光，慢慢爬過窗台，滑進客廳，從腳邊暗紅色的毛毯攀上了我的褥子。平日它必定是非常平整地沿著窗的線條切進來，一部分往光明進展，一部分向陰闇退卻，世界分裂了，天地玄黃，創世紀的第一天。

我是臨時的過客，我的雙腳伸向光明，擾亂了永恆悄悄的行進，於是光隨著毯子的皺摺起伏，節奏紛亂，像是一個有心事的行者忘了來路和去路。

光線氾濫，物體的邊緣都糊了。

我不記得今生見過那樣擾人的日光，它在窗口猶疑摩挲，像一隻不肯離去的金黃色的貓，它磨磨蹭蹭，比一段清楚的往事還糾纏，玻璃再透亮都要起毛毬了。我閉上眼，它立刻成了一縷迷路的靈魂，徘徊在睫毛的表面，扳著我的眼睛想要澄清我對人世的誤解。

昨夜刮過一陣風，溫馴的灰塵淺淺覆蓋陽台的邊緣，一地彎曲的落葉像不求甚解的問號。

風鈴也響過了，只是它的意志沒有留下歷史。

我聽見街市聲在遠處流動，偶有燃眉的警車追趕十萬火急的罪惡。

朋友還在房裡睡著，我獨自坐在客廳裡凝視這光，它無聲無息有一種陌生的姿態。我從沒見過它這樣安靜。清晨五點舊金山秋天的陽光，宇宙洪荒，我沒見過。

寂靜的等待異常緩慢。在別人的屋子裡等待屋子的主人醒來，我能做什麼呢？四周是陌生的擺設，連燈的開關都是一道謎。躡手躡腳，到廚房找出玻璃杯，打開冰箱，慢慢倒一杯水，繼續回來踡在沙發上讀小說。朋友在房裡均勻呼息，整個屋子隨著主人打盹兒。我仔細減緩碰撞、摩擦、翻轉，我非常慢非常慢地處理每一個動作，緩慢是一道強制屏息的儀式，它讓世事沉靜、莊重，連沙發深處彈簧的扭動也因為緩慢而瘖啞了。

從屋子黑暗的角落發出不規則聲響，聽起來就像寂寞的聲音。也許是冰箱，也許是迷路的蟲不知光陰，或者就是我自己的耳朵。

日光依舊悄悄前行，它從來不等待誰。它還是遵從那道指令，要有光，就有了光。很難看出它究竟是古老還是生嫩，每一個鐘點它都更新一點也更老一點，更往世界的深處一點也更遠離一點，事物在它裡面浮昇，也在它裡面沉沒。它看來十分熟悉像一支可以隨意哼唱的調子，可是一張開嘴就發現它是啞的。

我張開嘴，又闔上。

已經好幾次了，在這種獨處的時候，我會突然想要叫喊，但是我總會在嘴張開的剎那間意識這個舉動，我會在聲音喊出來之前制止自己。如果放任自己喊出聲音來，實在不知道會發生什麼事。也許光陰會嚇一跳，嘎然而止。也許它會回頭瞪我。

我清清喉嚨，這個嗯嗯的聲音吐露了秘密，在我開始叫喊的詭計之前，光陰已經知道了，它狡詐地裝做沒聽見，並且用一種極其優雅的法子，拋棄了我——它讓我在聲音中感到自我的形體濁重，因而顯露它的靈妙如醚氣。它習於永恆，日復一日演練昇華，正如我習於軀體。

晨光繼續上升，彷彿極細極高的小提琴顫音，獨奏，和絃徐徐加入，精妙與沉濁逐漸融合，圓整地向上提升，緩慢而溫暖宛若閃耀的琥珀樹脂，溫柔擁上來包圍一切。

夜晚已經成為空白，日光浸濡了一切，我封存在琥珀色的神聖光線裡，每一根神經都亮透、醒透，我無法再闔眼也無法再等待什麼，我像提琴的E弦那樣顫抖，那樣難以抑制，我必須發出聲音。彷彿要將渣滓吐淨似的，我開始對著光舞中的浮塵說話。

一個人的時候我總是忍不住對著虛空說話，自言自語，不確定的，無可奈何的，沒有明確主題的零碎的句子。妥協的句子。放棄的句子。帶著惋惜和懊惱，日常生活中被妥善收藏的，仔細吞嚥的，一直沒有說出口的心情。一不小心就全部說了出來，對著晨光，隱匿了先行的主題和挫敗，只剩下感覺和情緒的語詞。

做錯事的時候暗自在心裡說的句子，後悔的時候反覆在心裡叨唸的句子，害怕的時候拼命對自己說的句子，不得已的時候不斷說服自己的句子，各式各樣不能說出口的，懦弱的句子。

我著魔也似地說話，晨光啟動了告解的機制，那些始終吞不下去的梗塊終於化成了話語，在光線中緩緩浮昇，經由我的聲音，回到光裡面，回到巨大的明亮的存有之中。我感到自己正在滌淨。晨光神聖的靜默沒有被我打破，我身不由己和光對話，我知道它聽見並且回應我，我聽見它精細而純粹的高音。

朋友醒了，他窸窸窣窣起身，朦朧走出來問：「你剛剛在跟誰說話嗎？」

「沒有。」

「你不是在說話嗎？」

「沒有。」

「你沒有說話？」

「沒有。」

寂靜的光就這麼過去了。如果朋友沒有醒來，我不知將會如何淚流滿面。

朋友去刷牙洗臉，趕早上八點的課。我站起來收拾晨光中的被褥，以及被自己否認的心情。

朋友開車載我到海邊去，我一個人在那裡晃蕩等他下課。

空無一人的白沙灘籠罩著無邊無際偉大的光，此時的光與熱過於巨大，曬得我發暈並且無立足地，太陽在身後灼著，逼著人面對海，海又將光芒加倍反射於我。海的粼粼波光滿懷心事地躍動，像一個宇宙那樣複雜生動，也像一個失眠者的腦子那樣閃閃爍爍。

我為之眼盲，並且瞬間失去聽覺。轟然來臨的駭人的寂靜之中，光具有無限的能量，過往蒸發了，往事的餘燼飄飛於海風中。

這時候我張不開眼，但是我對著大海哭了出來。我自己聽不見。

午安憂鬱

念研究所的時候，我就開始獨居了。獨居我喜歡很小的房間，如此我可以跟那個空間完全成為一體，不感到空闊疏離。我喜歡床靠在書桌旁邊，書桌頂著窗子，因此房間裡一邊是睡眠，一邊是思考，另一邊就是外面的世界。清清楚楚的窩成一團，貓似的。

我常常睡到中午，醒來以後就靜靜坐在床上發呆。

下午的某個時間，窗外的陽光會非常淡薄地貼在白牆上，淺得叫人發慌，叫人擔心它再薄一點兒就瞞不了人，貓兒一踩過，就要跌下來碎了。如此淡薄的日色是一種咒，午後牆上那道飄忽而不怎麼準確的光影，就是一張沒把握的符紙，封在窗口。如果被這個迷惑了，那麼真不知道會失神到什麼境地。

我常常坐在床上著魔也似望著那光，想它是多麼虛妄而渺茫，比一把乾淨的女聲更清透，比一節簡單的吉他和絃或一刷輕輕的鼓更單純。

特別是某一種秋天的午後，陽光金黃得像一只水澪澪的梨子，捏在手裡水都要滲出來了。

獨居的時候我多半活在自己的心靈狀態裡，特別容易迷惑，也特別容易困於自己的思路。日月星辰的運行和萬事萬物的道理像一顆半生不熟的果子，我是它小小的核。我過著規律的日子，吃綜合維他命，喝咖啡，啃三明治，吃水果，喝烏龍茶，唸書。心情好的時候唱歌，對著空氣微笑；洗澡的時候任意站在蓮蓬頭下發呆，聽水從排水管消失的聲音；天晴的時候買桔梗和百合；念完一本書，就坐在陽台上看天空。

心情不好的時候我會把整屋子的燈打開，希望看得更明白些；睡不著的時候常常半夜爬起來拖地板；疲倦的時候對著電視出神一整個晚上；焦慮的時候大肆整理書架調換書籍的排列位置；憤怒的時候東西亂丟，在屋子裡走來走去，冷靜了，再一一拾起來歸位。

比這些都更糟的時候，我會整天躺在床上不想面對世界，天天吃泡麵，不再洗米洗菜或洗碗，也不再整理書桌，任由大部分的雜物和灰塵四處堆積。

獨居我總是任性活著。我不喜歡吃米飯，我會連續一個星期吃同一種麵或水餃，只去同一家館子，或是連著幾天只吃烤吐司麵包塗蜂蜜。水果只會買蘋果和柳丁，絕對不喝牛奶，沒有人逼我吃茄子和胡蘿蔔，沒有難處理的魚或螃蟹，絕不會有蚵仔出現。我做菜不產生油煙，而且總是以最少的道具完成晚餐免得洗碗。我會天天喝海帶味增湯。睡到中午也心安理得，半夜三點躺著看書也不會挨罵，衣服堆積一個星期再洗也沒關係。糜爛的時候一直看ＤＶＤ，一直聽電子音樂。自己學會修馬桶、音響、電燈、印表機、電視和光碟機，打蟑螂的時候決不手軟。

我本來就不常出門，從小就非常耐得住閉關。獨居時我偶爾會發生三四天完全不下樓拿報紙的狀況。即使出門了，也經常只是一個人散了一段很長很長的步。如果沒有人打電話來，就沒有機會開口說話，我也很少打電話給誰，我想不出有什麼話非得跟誰說不可。

那陣子我逐漸明白了一件事，一個人與世界的關係事實上非常簡單，一放手就散了，一把握在手裡的灰。那飛灰是自己。

要放開世界是輕而易舉的事。可我沒有這樣容易放過自己。

我是個容易與自己過不去的人，從小就無法輕易原諒自己的錯誤，也不容易遺忘，成長過程最大的難題之一就是必須時時忍受自己的稜角。獨居的時候，這個特性成為難以克服的磨難。自我的意義放大了，因此問題和錯誤也放大了，只要一不小心，那些長年壓抑的內在陰影就像烏鴉一般傾巢而出，在腦子裡盤旋。

有時候我真希望可以對問題視而不見，即使忘不掉，睜一隻眼閉一隻眼地活著也就罷了。「嚴以律己」是一種非常折磨人的狀態，我是我自己的母親，也是我自己的女兒，鞭策者是我，迷惘者也是我。

非常少數的幾次，我在半夜裡被莫名的鬼魅攫獲，啪地打開燈，回到明亮的現實，可是那屋子卻慢慢地變成某種心靈的實體狀態，看起來陰影幢幢，每一個轉折、角落和細節看起來都像是往事的變形或是原形。那些熟悉的物體在孤單的時刻看起來別有意義，我在它們裡面看見某種破敗的危機，某種岌岌可危的人生。還有在它們之間努力存在的、微不足道的自己。

也許是日子實在太靜了，寂靜形成了內觀自省的趨力，人生的意義成為存在的主題。唸書唸久了，其實是將自己的人生放空，以接納並且思索那些深奧難解的理論，想多了，就分外覺得自己渺小。

一個孤單的人在腦子裡進行的對話真是無窮無盡，胡思亂想的內容像宇宙一樣漫無邊際，那些思考和主旨遠比一個蟻丘裡螞蟻深掘的路徑更複雜，閃現的念頭一個跑得比一個快，我納悶它們追不追得上光的速度。

有一段時間我開始不斷對自己說話，以聲音填滿空間，並且確認自己的存在。我養成奇特的習性，時常在腦子裡和理論交談。迷惑不安的時候對著虛空自言自語別有魅惑的特質，自言自語可以暫時將無邊的寂靜驅離，堅強的自己對著軟弱的自己命令，軟弱的自己對著堅強的自己尖叫。半夜裡發惡夢大叫著醒來時，我其實非常，非常慶幸，自己是一個人。

沒有人來煩我，我就這樣一個人專心發著清醒的瘋。

有時候我試著對自己喊停。有時候我會累得好幾天不想開口。我打算得過且過，努力與自己和解。讀書的時候就讀，寫作業的時候就寫，做菜的時候就做，吃麵確實地吃，睡覺也確實地睡。我不想再那麼累，也不想再想那麼多。天地之大，我在自己的小宇宙裡苦惱什麼。

但是說不清為什麼，狀況慢慢地不太對勁了，我沒有因此而清明，反而越來越像牆上淡薄的日光，飄的，空蕩蕩沒有什麼質量可以落實自我，並且一點一點往黯淡的方向飄移。我也不知道自己是病了，還是倦了，或者真就是空了。這種疲憊令人哆嗦，我想要振作精神，可是沒辦法，就是沒辦法。

我開始胃痛並且無法控制地掉眼淚，我常常一邊哭一邊唸書作筆記。這樣過了一陣子，就耗弱得沒有唸書的精神。一個研究生一旦沒辦法唸書，漫天蓋地的恐慌就出現了，於是壓力更大，狀況更糟，精神更差，更沒辦法唸書。

開始嘔吐的時候我去看了醫生。腸胃科的醫生給我兩個建議，他說，博士班的學生壓力過大精神緊張，導致各種腸胃症狀是很正常的，減輕壓力的方法有兩種，一是定時運動，二是定時和心理諮詢約談。他笑著說，或者，兩者並行也可以。

他問我能不能養寵物。我說學生公寓不行。他說，噢，那真是太糟了。他開了藥方子，還特別建議我到學校附近的林子慢跑。他認為那是個好法子。

這時我已經拖過一個春天和夏天，時序已經入秋了，那片等著我去慢跑的林子歪斜而寥落。

我非常討厭跑步。我每跑一步都心生厭棄，彷彿在踐踏地球。跑步是無涉世事的活動，風塵僕僕的孤獨。雙腳依著本能往前跑去，腳步聲規律而且空洞，它的概念是將世界甩在腦後，留著汗回到原點。速度使人獨一無二並且與環境脫離關係，路邊凋零的景物像雙頰上的風一樣一去不回，喘氣彷彿是放大了的嘆息，只有自己聽得見，只有自己知道它的意思。我無望地跑著極其無聊的速度與途徑，落葉在腳下輕易碎裂，前方沒有什麼特別的東西等著，像人生。

我討厭跑步的邏輯：跑到某個定點我就得自動折返，否則可能因過度疲累而回不了頭。這是空間的循環和體力的損耗，一切的風景都不重要，只要快速地經過，將它置之腦後就行了。有時候我希望人生也可以如此。跑完之後我通常更加感到絕望，像秋收後的兔子，在薄暮的林子裡呼著白霧徬徨。

我想，需要獨處的人應該跑步，但不是我。

幾次之後我就放棄了，繼續在家裡消沉，往黑暗的深淵沉沒幾吋。但是我心裡非常明白，再這麼下去不但不可能有出路，恐怕連人生都要賠上了。

每天我近午才懶洋洋睜眼，躺在床上看著窗外無聲的雲，試著喊一聲，確認已身所存，慢慢起床。我每天在這個時刻下一次決心，改變自己。

我從衣櫃底層找出游泳衣和球鞋，買了兩套韻律服和幾雙運動襪。中午到學生運動中心游泳一小時，然後上圖書館唸書，黃昏又回到學生運動中心參加五點到六點的韻律課，然後再回到圖書館唸書，清晨睡前做仰臥起坐。

做這些事全憑一股幾近瘋狂的意志力。特別是高能量進階韻律課，那運動激烈得生不如死，第一個月我得咬著牙關才能做得完，最酸痛的部分除了膝蓋和腳踝之外，就是咬緊牙關的下頦骨了。滿場視死如歸的研究生看上去是一支殘兵敗將的隊伍，每個人甩著七零八落的腦子和四肢奮力跳著，真不知道這麼猛烈的戰役是和人生拼了，還是和念不完的書本拼了。

當身體劇烈活動並且疼痛的時候，存在感明確，心裡就不那麼空虛。我開始感到有氣力可以和諮詢師談談，至少我有了訴苦的精神和意願。

然後我就去談了。

指派給我的諮詢師是一位相貌堂堂的先生，金邊眼鏡，襯衫整潔領帶方正，下頦刮得青青的。他的辦公室在林子的另一邊，屋內總是微微暗著，桌邊有幅很大的水墨畫，是一幅水月觀音，也不知是誰送的。來客坐的位置正好在這觀音的右腳下，有時候我會抬頭看看，觀音總是垂憐看著它方。有時候諮詢師垂眼做筆記的神情，看起來也有畫中那種空無清朗的神情，不像是人類。我懷疑這一切對他而言都是浮雲。

每個星期四的午後我在微暗的水月觀音右腳底下，講述支離破碎的困擾，煩惱說起來總是零零星星，微不足道。我的讀書進度、飲食與睡眠、我的胡思亂想。他很少主動提問，總是讓我自由發揮。他總是說：「我們可以試著解釋為什麼這是問題嗎？」我其實不想解釋自己的想法，我感到自己很無趣，卻不由自主滔滔不絕講下去，而且會在莫名其妙的地方突然痛哭。

日子就這樣艱困過著，過著，然後就下雪了。星期四下午的會面因而顯得更加艱困。每回我滿肩的雪開門進去，諮詢師就從微暗的桌邊抬頭說：「午安。」

「午安，」我說，「這雪真是沉。」

「噢，是啊，它是的。」他總是這樣回答。「請坐，」他說。「我們過得如何？」他問。他總是使用複數形的主詞「我們」與我交談，這是一種又親密又疏離的講話方式，剛開始的時候我時常不知道他指的是誰，後來我漸漸明白，他說「我們我們我們」，其實是說「你」。

當然我們的進步有限，我們只是一天拖過一天，我們每天胡思亂想，而且我們講話根本不清楚，我們胡說八道，我們連問題在哪裡都不知道。我們只是哭。

冬季缺乏日光，一切趨於遲緩，連諮詢師都慘白著一張臉，他清淡的臉漸漸不同，有時候他的表情黯淡宛若風雪前的雲象，有的時候我知道他根本沒有聽我們的對話。他每個星期都更瘦一點，鬍渣似乎越來越青了。

某一天沒有雪，我便提早到了。他站在窗前，面對窗子側身對我說，「噢，午安，請坐。我們今天提早了。」

他正對著窗子的倒影打領帶。窗外的林子又空蕪又凌亂，映著他薄薄的靈魂。

我沒有立刻坐下，只是盯著他看。他問，「我們如何了？」然後雙手做了一個收束的動作，將領帶扶正。我沒有回答，只是繼續望著他的領帶。

諮詢師發現我看著他，遲疑了一秒，然後彷彿什麼也沒注意到似的，又問了幾個「我們」的問題。但我想他其實已經發現了，他露出了破綻。

那是我第一次看見父親以外的男子在我面前打領帶。這是非常神奇的一刻，我彷彿看見了不該看的東西。打領帶是一個男人從私領域跨入公領域的最後一道轉換手續，看見他打領帶，就彷彿見到了他從赤身露體穿戴作戰的盔甲。我撞見了這樣的片刻。

幾個月來他清朗堅定淡若浮雲的形象，剎那間消散了。他成為人類。

我問：「我是你今天第一個學生嗎？」他說是的。「那麼你早上不見學生嗎？」他說不，他一向不在早晨見人。

接著，他逆轉話題：「你呢？你最近如何？」

這是一個分隔點，他終於不再說「我們」了。

我想了想，說：「其實我不需要有人聽我抱怨，我比較想知道的是，你如何能夠每天下午進到這個辦公室來，坐在那裡五個小時，聽我們這些學生抱怨瑣事呢？你日復一日在這個陰暗的小房間裡聽他人的困擾，這個工作使你疲憊嗎？你是否曾經厭倦過我們並且希望我們全部下地獄去嗎？你從不會想要站起來對我尖叫並且叫我滾出去嗎？你如何看起來平靜如此？我不想再說自己的困擾了，我想知道你如何解決你的困擾。我看得出來，你自己過得並不好。你的狀況比我還糟，不是嗎？」

諮詢師的臉又更黯淡了些，他看看他手上的資料表，確認我的主修和背景，翻翻他之前做的筆記。笑笑，闔上他的筆記，放到一旁。他略將身子往前傾，看看這裡看看那裡，想一想，然後告訴我他受過的訓練，他的理論流派，他唸的研究所，他的老師說什麼，他們的課程如何進行，他的臨床經驗。「噢，當然，每個人都有厭倦工作的時候，都有突然無法前進、看不見光亮的時候。但是我不是受雇在這裡同你抱怨這些，我不能討論這個。」

我問：「那麼，在那種黯淡日子裡，你每天早晨都對你自己說什麼話呢？」

他遲疑了，臉上有淡淡的陰影，嘆了一口氣，然後他告訴了我。

我不確定那是他自己的捏造，或是他巧妙的治療步驟之一，但是我笑了，並且感到釋懷。

我問：「我們不該聊這些，對吧，因為我是病人。」

「不行。」他說。

「真糟。」我說。

「是的，總是如此。」他說，「因為這裡應該只是你們人生的階段。我還會繼續在這個小房間裡，繼續聽許多人的問題，看著他們變更好或變更糟。而你們應該忘記這裡，有一天。」

「我知道。但是我下星期還是必須來。」我說。

「噢，那麼我期待再見到你，下星期。同時也期待哪一天，我於你而言不再必要。」他笑著說。

我後來又去了幾次。諮詢師回復了以「我們」為主詞的講話方式。但是我顯然已經不是一個理想的病人了，我突然看得非常清楚，他是一個脆弱而敏感的傢伙，他受困的狀態比我更糟，他的空洞和寂寥比我更嚴重，他的問題相當棘手，他是一個行將溺斃的人，可是沒有人會救他，因為救生員就是他自己。那觀音在牆上垂視我們，我們。他說「我們」，是完全正確的文法。

接近聖誕節之際，天已經冷得沒有雪了。我依舊天天去圖書館，天天去活動中心運動，在酷寒中走來走去，把左耳都凍傷了。

終於有一天我打電話去取消星期四的會面，因為學生保險的配額次數已經用盡了，而且我感覺自己正在漸漸好轉。而且，風太冷了，我不想再走那條凋蔽的小路。而且，我在他臉上看見我亟欲閃躲的命運。我害怕他的黑眼圈、空洞的眼神、凹陷的臉、恍惚的言詞裡閃爍的焦躁。病人總是殘酷而現實，我只要自己活下去就好。

沒有去諮詢的星期四下午我在沒什麼人的咖啡館唸書，這一天是陰的，有風雪的預感，我一邊唸書一邊窺視窗外的天色，整個下午念了幾個零星的句子，不斷猶豫著是否要收拾書本回家。

我看見諮詢師經過，在門前舉棋不定，然後走進來。他在櫃檯點了一杯什麼，找位置坐的時候他看見了我，我點頭致意，他猶豫了一秒，淡淡笑一笑，坐了一個離我很遠的位置。

我收拾東西離開的時候經過他的桌，他叫住我，讓我坐下：「希望你不會因此感到困擾。」他說。

「困擾什麼？」

「許多人不希望在生活裡與諮詢師碰面打招呼，因為那樣便洩漏了他們的狀態。」

我笑著說：「噢，不會的。在這個城裡沒有人會在乎我的狀態。這種規矩是你的職業道德嗎？」

「恐怕是的。」

「相當孤寂的職業啊。」

「因為這職業處理的是人的孤寂。」

我們聊了一會兒，始終無法像正常人那樣講話。我們的腦子積著烏雲和風雪，每說一句，就多一分躑躅和踉蹌。這終究是星期四午後的會面，誰也不能拯救誰。

我試著問他：「你自己的狀況呢？」

他比什麼都淡漠地回答：「噢，也就是那些問題，一樣的。」

後來我沒有再遇見他，任何角落都沒有，於是他就從我的人生消失了。

這也是某一種人生的踉蹌。

這是一則真實和虛構混合的故事，真實的部分紀念那些風雪，虛構的部分紀念那城。

甜美的剎那

幾年前，某個心理醫生朋友給了我一個積極的建議，他說，偶爾心情不好情或緒低迷的時候，只要想想快樂美好的事情，寫下來列成一張單子，想辦法實現一兩個，心情就會明顯好轉了。

他說，不能預先開一張清單貼在牆上，必須是每次低潮都靜心坐下來，仔細想過再寫出來。

說也奇怪，這件事剛開始實行的時候真是非常困難，大概是因為心情不好之際事物總是以負面的姿態悄悄浮上心頭，即使強迫自己想起一兩件美好的事物，還是缺乏將它們寫下來的興致，即使寫了，也缺乏實行的力氣。

然而，這個單子的奇妙之處在於，它像個咒語遊戲，這些事物寫下來後，就白紙黑字的成了快樂的定義，不論能夠實現幾個，單單只是開列一張清單，儘列著美好的事物，就彷彿偷偷地對自己下了快樂的咒。

這非常像普魯斯特對於過往時光的看法，他認為那些時光並非真的逝去了，而是悄悄地融入自己，隱匿在自己的深處，然後，也許在某個不由自主的時刻，透過某一種意外的召喚，記憶的隔板會鬆開，那特別的剎那會全部湧現，那些看似失去的光陰會被召喚回來。這樣的經驗無法由理性的觀察而得致，必須依賴詩意的偶然，那種偶然的瞬間，也是打敗時光的永恆瞬間，這樣的快樂簡直難以言喻。

所以練習寫這種單子，只是一種召喚的訓練，讓感覺和記憶處於開放的可能狀態。

美好的事物一旦開始浮現，就會宛若春雨那樣細細密密地包圍妳，一絲接著一絲，貼著肌膚，往心裡滲去。有一些是莫名閃現的念頭，有一些是長久以來不時想念的物體、光線、氣味、聲音、觸覺、或僅僅只是一種淡淡的說不出來的感覺，某種剎那的甜美，或是清明。

單子上的指涉越來越複雜，寫下的事物逐漸轉化為某種難以言說的剎那，越細緻，也越朦朧。一開始的時候寫的是游泳，後來就漸漸變成了「七月的下午，映在牆上的游泳池的波光與游泳者晃動的影子和笑聲」；如果一開始寫的是陽光，後來就擴散成「躺在落地窗邊曬太陽午睡的貓身上的光澤」或是「外婆家的日本房屋窗口，陽光裡向上漂浮的塵埃」；如果是烏龍茶，漸漸就化成「手摘有機炭焙烏龍的第三泡發出來的那種桂花香」；或是從「李梅樹的畫」變成「李梅樹畫的女子那種淡淡的假日時光的悠閒，某一種星期日的靜止」；從泡澡延伸成「檀香味的泡沫和水氣」；沒事做的夜晚變成「閑閑的晚上一邊聽德布西鋼琴練習曲一邊在餐桌上啃蘋果讀小說的心情」；味增湯變成「味增湯裡手工絹豆腐上的蔥花，比例均衡，散亂而完美」。

不過，巧克力蛋糕始終都是巧克力蛋糕——無可取代的快樂，巧克力本身就是一種甜美的剎那。

當然還有非常具體的形式，例如，大笑的下頦是一種快樂的線條；吹著風的女孩子肩胛骨；抽著煙誰都不理的女子的背影；或者蕭邦的夜曲，縹緲得不像話。

我一點一點慢慢兒列出這樣的單子，實體的世界一層層剝落，從固定的形式溶解成某種感覺。但是只有在非常偶爾的幾次，非常偶爾，無意間我會觸電也似地想起微不足道的往事，進入一種莫名的迴盪時刻，並且像意外按下重複播放的曲子那樣，再一次，重新活過那個時空。

有一次，我和一位不怎麼熟的朋友在秋天某個將雨的星期日下午到大直某一家咖啡館去，我點了咖啡拉提和夾酸乳酪與番茄切片的三明治。整個陰天的下午，我們都期待著雨，即使坐在咖啡店陽台上喝咖啡的時候，我們還半生不熟地聊著等會兒下雨怎辦呢沒有帶傘這樣的話題。

閑晃胡扯的幾個小時，雨始終沒有下來。卻在我們終於離開咖啡館走向停車處的時候，在那短短的五分鐘裡，傾盆大雨迫不及待地，啪搭啪搭狠狠地下了。我們一邊大叫，一邊大笑，我說，哎呀這雨根本是不　好意等著我們的。

說完這句話，下雨的世界似乎亂了，我忽然回到十二年前，另一個場合，另一個地點，另一場雨中的奔跑，另一個人曾經這樣在雨中大笑著，對我說過這樣的話，那句話被我忘了，卻在這個剎那由我自己無意識召喚了出來。這場雨是一條連結過往和未來的途徑，即使此刻坐在電腦前，我還是可以想起它，還有更久遠之前的那一場雨。生命的縱深因此而拉得很長很遠。

世界總是如此，事物的表象之下蘊藏了無限的細節，如果不仔細思索，那無限的意義就輕易錯過了，塵封著，表象只是起起伏伏的片刻而已。但是如果仔細看它，想它，那麼這所有的細節就如同神秘難解的夢境，在莫名其妙的時刻浮現，攫取我們的感覺。

這時我們會驚訝，枝微末節的每一天，原來都像海洋那樣蘊藏深沉，那樣複雜。

在少女的花影下

有一種尋常的風景，看起來極不起眼，無聲無息的，一不小心就讓人忽略了它的靈光乍現，像那些話裡有話的時刻，說的當時沒聽清，之後也就無法意會什麼。這樣富涵意義的時刻每日在生活裡閃現，消失，閃現，消失。那些奇妙的剎那不會因為你的忽視而黯淡，也不會因為誰的凝視而停留，它們流螢似的散，煙花似的倏忽。有時候在看著它們的這雙眼底留下殘影，有時在心底。

台北街頭常常有一種青春的時刻，分外讓人會心一笑。黃昏五點，少年少女放學後各自成群搭公車或捷運，或回家，或補習，或閒逛，男孩自己一群，女孩自己一群，明明是穿著同一個校徽的制服，看起來卻是素昧平生，上車來也各自坐開。

女孩群的神態甚是倨傲，坐還是規規矩矩的坐，一手環腰，一手支頤，頭湊在一起講話，低聲細語的，眼睛望下。可是她們的眼神有一抹警惕和凜冽，不是擔心男孩子看她們，而是暗中瞄著男孩子的動靜。那睥睨的眼角餘光非常漂亮，她們絕不會和男孩四目交接，卻又全然掌控情勢，沒有破綻，一點也不失態。她們聊著不太重要的話題，每個人都自動扮演了一個角色，採取了一個位置，可她們不動聲色，只是準備著。從瀏海到裙角、鞋襪，準備著。

如果你不打算和她們交手，光看，她們算是順手送你一個漂亮的風景；如果你打算過招，事情就不簡單了。

那些男孩子沒有這樣精準的戰策，在這個年紀他們註定是較為慌張且不知所措的，他們的痘子比較明顯，他們的四肢不甚對稱，眉眼也不整齊。他們的眼神和笑容還沒有經過馴養，又直又鈍，像一頭天真的小獸。男孩子咧嘴笑著，相互推擠，明顯的按捺不住興奮，坐也坐不穩，話也說不清楚。

整車廂的人都心知肚明看這一幕，知道這一群男孩是甕中鱉了，根本不是女孩的對手。他們將會徹底的被馴服，他們會被吊著胃口，開始到女孩的班上去打聽，托人傳話，努力打電話或傳簡訊，在校門口或公車捷運站群聚著等，然後像這樣吃吃傻笑推擠彼此，直到女孩群中有人實在看不過去了，出來圓場說「你們到底要幹麻」，然後，男孩女孩就要開始長大了，他們就要體驗真正的愁苦和相思，他們會慢慢地失去現在臉上那種好奇張望迫不及待的神色。

突然，其中一個男孩子被同伴推擠出來，踉蹌跌到女孩邊，他紅了臉，吶吶地向女孩道歉，旋即歸隊笑著向其他同伴抗議，同伴們假裝沒這回事繼續嘻笑。女孩們慌了一下，確定這只是個小小的亂子，於是又若無其事地順順瀏海髮尾，繼續聊天。可是看不見的冰已經打破了，她們確定自己佔了上風，因此不再目中無人，她們憐憫地看這群天真小獸，彷彿初次發現他們的存在。其中一個兩手環抱胸前的女孩子，顯然是領袖，她個子最高，看來也最伶俐，冷冷開口了：「你們這樣很危險耶。」

開始了。全部的人都屏息。

被捽出來破冰的那男孩急忙指著同伴說：「不是我，是他們，是他們。」

女孩領袖說：「幼稚。」

男孩子起鬨了：「喔喔喔，她說你幼稚欸！」

女孩們一起瞪了一眼。半晌，雙方無話。破冰的男孩又被同伴推搡，實在不得已，潦草地對女孩說：「不好意思啦。」

女孩沒有再說什麼，這時候如果有人繼續和解，局勢大好。可男孩中另一個不太起眼的小個兒突然搶了話，酸酸的講：「哎唷，其實是心疼了啦。」男孩哄然大笑。女孩們沒有料到這個，覺得被耍了，眼神一變，一群人約好了似的全部背過去不理人了，只差沒啐一口。

旁觀者都在心裡輕輕嘆氣，哎呀哎呀，為了這句話，那男孩的希望又更渺茫了。下車的時候小個兒還沾沾自喜，不知道自己幹了什麼好事，他大概還是個快樂的孩子，還有幾年的悠哉歲月，女孩子對他來講還是揶揄取笑的對象，他還不明白這有什麼好在乎的。又或者，他其實已經都明白了，但是這長大的遊戲總是沒他的份，女孩眼裡沒有他，他無論如何也要插個話，沒想到卻搞砸了，因此他雖然笑著把自己撐下去，那笑卻是酸苦的，既是成長的酸苦，也是嫉妒的酸苦。

破冰男孩的笑容也已經開始黯淡，朋友壞了自己的好事，棋局已殘，再不甘願也得笑，哎，他也許從此走上了嶺路斜崎的日子。他也許就回家去寫愁苦日記，甚至開始寫詩了。

男孩們下車後，車廂裡的人和留在車上的女孩一樣，微微地惆悵了。

在假日，離了上課和補習，青春的風景還更旖旎，更叫人低迴。台北郊區常見一種臨界的地勢，公寓住宅區後面不遠即是綠蔥蔥的小山，平常的日子裡有點荒涼，可是春天一樣有蝴蝶花鳥。就在這樣的地方，一對十五六歲的少年男女一前一後的在草地邊上沿著小溝散步，有模有樣。之所以不直接在草地上散步，大概是都會小孩的習性，怕荒草蚊子，怕沒有規劃的東西——沒有修剪過的草地恐怕比長大後的人生還更危機四伏些。

這想必是剛剛開始的約會，他們連手也不敢牽，連笑也很乖巧，各自沉浸在幸福的幻想中，各自迷濛地笑。男孩看來略長幾歲，也許是高二高三，著格子衫牛仔褲，走在後面的神情像是捧著一束花。女孩著桃紅短外套，白裙子，紮公主頭，帶著微笑走在前面。哎她怎能不笑，這完全是她自己細心盼想過的畫面。她不必回頭也知道，一切都是她要的場景。

那女孩怎麼看都像是國中生的樣子，一個長手長腳瘦伶伶的小孩，可是這無損她難以逼視的秀美，她是一個羅莉塔，一個極美極折磨人的靈魂正慢慢地成型，她正處於人生交界的模糊地帶，日後她的眼睛再也不可能如此既朦朧又清明，她的身體也不再如此曖昧於純真和挑逗之間。此刻她帶著無堅不摧的笑容，她說要有光就有了光。

兩人走在小溝旁微微高起的水泥磚上，那磚很窄，踩起來不太穩妥。女孩一邊側頭向男孩說話，一邊注意自己的腳下平衡。到底為什麼要走那磚緣呢，真是太險了呀，是一種孩子氣無心的表現呢，或者此時也許是她十五年間最大膽的一刻，這是她的賭局，她要是跌了，男孩最好適時扶住她；萬一沒有，那就是這個春天的原野辜負了她，平白浪費了她的桃衣白裙。

突然間她晃了晃，男孩子伸手去扶，她自己也張開雙手維持平衡——這一剎那她像一樹櫻花一樣抖擻盛開，在日光下絢爛地伸展四肢。這天地是她的，全都為了她而存在。蝴蝶花鳥男孩荒草，陽光，以及路人。

女孩下了水泥磚，兩人相視一笑。眼神交接，手卻放開了。像在侯孝賢的電影裡。

人生不如一行波特萊爾？哎，這青春，恰恰的就是一行波特萊爾啊。

無事靜坐

清晨下了一場大雨，整天都涼。日間雨還斷斷續續下著。

一早後面巷子裡某戶人家的孩子就練琴。今天練的都是輕快的曲子，聽著像是莫札特，轉折很多，裝飾音也多，千方百計把人心勾了不放。

能夠彈到這個複雜曲子的程度大概也練了好幾年了。我躺在床上，迷迷濛濛不想起床，可是也睡不著，滿心牽掛的都是那些裝飾音，還有那些一路爬升之後卻無法順暢下滑的手勢。

我猜這是一個十幾歲的女孩子，因為她平常高興的時候彈的流行曲子非常的可愛，某些時候她似乎會特意強調手腕的起落，彈得很跳躍，我可以想像她把手腕抬高又落下的稚氣，也許她還會把頭低下去，像是非常在意某一段樂句的表現。有時我會一邊洗碗，一邊替她數拍子。有時我會坐在書桌前很專心地聽一大段，猜想她究竟是遇見哪種問題，我知道通常她是從高音鍵往低音鍵下滑的時候不順。我猜這女孩子的個性有點急，因為她彈錯的地方不會反覆地練，只是那樣絆著卡著，吞吞吐吐的彈下去；也因為她常常練到某個曲子中途就沒頭沒尾的突然闔上琴蓋不彈了，一種少女的反覆無常。這種突然靜下來的時候我總是會吃一驚，發現自己這麼在意一個未曾謀面的琴者，然後兀自笑了起來。

今天也是如此。輕快的曲子終於結束之後，我鬆了一口氣。接著彈的一首是慢板，沒有彈幾個小節，突然就沒下文了。

本來都還昏著，結結巴巴睡著，一靜下來，就都醒了。雨聲突然非常清楚。聽少女彈琴像作夢一樣，在沒意料的地方結尾，有個什麼期待落空了，人就醒了。然後整天就有了莫名的悵惘，只能靜靜坐著想事情，改文章。雨中聽琴格外清澈，格外斷續，使人愁。

即將過去的這一段微涼的春雨，就這麼生生地被我浪費了，我總是七零八落趕著不成氣候的論文，我常常寫著寫著就感到空虛。以前趕論文我吃Snickers巧克力（但我討厭裡面的花生），現在我通常吃86%的黑巧克力。偶爾需要提神的時候我吃薄荷糖。

有些時候我會在研究室窩到很晚，整個黑洞洞的樓層只有我一個人。我閑坐著吃巧克力或薄荷糖，以最大音量放蕭邦的夜曲。這是深邃的迷宮的入口，每一個音符都熟悉得像我自己的皮膚，卻又在音與音之間細微的間隙裡出現如同斷崖一般的陌生轉折，這些休止如同流水一般溫柔，潮汐一般起伏，夜霧矇矓，每一次充滿期待的停頓是一次迷失的剎那。當音符完全無停頓而且以最大的回音持續共鳴在耳邊纏繞時，我彷彿一個走到死角無路可退的人，在自我消失的幽暗角落為片刻的迷失嘆息。

某些音符在我腦子準確浮現像身體的直覺，我知道它們的去處，我知道它們的落點和浮現的剎那，但是它們浮現的感覺總是與期待不同，它們更柔滑也更清晰，小小的回音像春雨落在水面上細碎的漣漪。它們的錯亂之中有秘密的內在結構。你明知道它們的位置卻依舊為它們的出現嘆息並且無所是從。

然後我的心情總是又極壞，又極好。壞，因為我總是為這樣的事情分神；好，因為我還能為這樣的事分神。

哎，這些安靜微涼的、甜美的剎那。

國家圖書館出版品預行編目資料

甜美的剎那／柯裕棻
初版．—台北市：大塊文化，2007.11
面；14.8×20公分．—（walk；5）
ISBN 978-986-213-021-6（平裝）

855　　96020150

LOCUS

LOCUS

LOCUS